集英社オレンジ文庫

君の瞳に私が映らなくても

櫻井千姫

本書は書き下ろしです。

Contents

イラスト／ふすい

君の瞳に
私が
映らなくても
Kimi no hitomi ni
watashi ga
utsuranakutemo

第一章　人は見た目が99パーセント

スクールメイクはとにかくナチュラルに、でも盛るところはしっかり盛る。これ大事。トーンアップとUV機能ばつぐんの下地を塗り込み、コントロールカラーと毛穴をカバーするクリームで肌のあらを隠す。ファンデーションは友だちの佳子《かこ》に教えてもらったリキッドファンデ。SNSでもたくさんのインフルエンサーが紹介している、スクールメイクにはぴったりの自然な仕上がりが期待できるやつだ。顔全体に薄く均等に塗り込んだ後、パウダーで仕上げればつるんとした陶器肌の完成。

あたしは眉毛が薄いので、スクールメイクでもちゃんと描く。三色のアイブロウをうまくミックスして、ナチュラルな形に描いて眉マスカラをひと塗りして垢《あか》ぬけ感を出す。ハイライトは鼻の根元と鼻先に少しだけ、五色ミックスのめちゃくちゃかわいいお花の形のパケのチークは頰のてっぺんにふんわりと。ここからが重要だ。

スクールメイクの時は、アイシャドウは使わない。アイラインは控えめに入れて、睫毛《まつげ》はしっかり根本から上げた後、透明マスカラでナチュラルに、けどちゃんと盛る。ピンクのアイシャドウで涙袋をがっつり作って、涙袋の影を描けばうるつやモテアイに。リップは佳子、沙裕《さゆ》と三人おそろいの粘膜色ピンク。プランパー機能がついてて、塗るとふっくら感が出るのがお気に入りポイント。自然なちゅるん唇を作ってくれる。

最後に新しいマンスリーのカラコンを入れれば完成だ。このカラコン、「スクールメイクにぴったり」「ナチュ盛れアイ」と謳《うた》っているだけのことはある。これを入れるだけで黒目がくっきり大きくなって、顔の印象が段違いに変わる。マロン色に染めた髪はストレートアイロンを使って少しだけ動きをつけて、ふんわりやわらかヘアに。

そこではじめて時計を見て、思わず声が出た。

「やばっ！　遅刻‼」

あわあわとカバンを手に取りダイニングルームへ行くと、既《すで》にお父さんとお母さんが朝食を摂《と》っていた。牧野《まきの》家の朝は和洋折衷《わようせっちゅう》だ。お父さんはご飯に昨夜《ゆうべ》の残りの味噌汁、お母さんはトーストと目玉焼き、あたしは体重管理が気になるからトースト一枚。何も塗らないトーストをかじっていると、お母さんがあきれた顔をした。

「まったく、柚葉《ゆずは》ってば、ジャムぐらいつければいいのに」

「ジャムもマーガリンも、カロリーがすっごく高くなっちゃうの！　せっかくダイエットがんばったんだから、余計なこと言わないでよ」

そう言うとお母さんは眉をひそめつつ、もう何も言わず自分のトーストにいちごジャムをせっせと塗りだした。もう四十代半ばになるお母さんは腰回りがどっしりしていて、顔も見事な二重顎《あご》。シミも皺《しわ》もいっぱいで、こんなおばさんにはなりたくないなあとつくづく思う。女は歳を取ると母親に似てくるっていうけれど、あたしはがんばらなきゃいけない。遺伝子なんかに負けてたまるか。

「柚葉ぐらいの歳の頃は、ちょっと太ってたほうがいいんだぞ。男の子は痩《や》せっぽちの子より、ぽっちゃりした子が好きだからな」

そう言うお父さんも見事なビール腹のおじさんだ。大して食べないのに年々太っていくのは、きっとお酒のせいだと思う。ほとんど毎日晩酌《ばんしゃく》してから寝てるし。

「ぽっちゃりした子が好きって男の子、たいていぱっとしない陰キャじゃない？　そんなのに好かれても嫌なんだけど。イケメンは、痩せてる子が好きって言うよ」

「そんなこと言わないの」

お母さんがたしなめる。お父さんは自分が「ぱっとしない陰キャ」と言われたと思ったのか、あからさまにしょげている。

「ねえ、それよりさ、二人とも。あたしの目、見て！　何か変わったと思わない？」

得意げに目を指差してみせると、二人はじっとあたしの顔を覗《のぞ》き込んだ後、何がなんだかわからないという顔をした。

「何が違うんだ？　いつもの柚葉じゃないか」

「お化粧変えたの？　まったく、高校生のくせに朝からお化粧したり髪巻いたり、そんなことするくらいならもっとしっかり朝ご飯を食べなさいよ」

「もうう、二人とも‼」

まったく、お父さんとお母さんに何を期待していたんだろう。ダイエットをがんばっていた時も「そんなことする必要ないのに」、メイクをはじめたら「人は見た目より中身だ」なんて言う親たちだ。

この人たちは、高校二年生の女の子にとって見た目がどれだけ大事か、ちっともわかってない‼

「ごちそうさま。電車出ちゃうから、もう行くよ」

ちょっと不機嫌になったあたしはカバンを持ち、ダイニングルームを飛び出した。

あたしが住む街は神奈川《かながわ》県の中央部にある、これといって取り柄も魅力もないつまらない街だ。知らない人は神奈川ってだけで都会だと思うかもしれないけれど、実際は田んぼも畑も山もたくさんあるし、近所にはカラオケとかファストフードとか、高校生が楽しめるようなお店もない。かろうじて駅前にコンビニがあるくらいだ。来年は受験だし、高校卒業と同時に東京の大学に出てひとり暮らししたいというひそかな野望があるけれど、きっとお父さんとお母さんに話したら反対されるだろう。東京の大学なんて、家からでも通えるじゃない、って。

駅のホームでコンパクトミラーを取り出し、前髪をいじっていると、江川《えがわ》つぐみに声をかけられた。

「おはよう、ゆずちゃん」

「おはよ」

そっけないあたしの挨拶《あいさつ》に、つぐみは薄い唇ににこにこと笑みを浮かべている。

つぐみは幼馴染《おさななじ》みだ。同じマンションだから小さい頃からよく遊んでいて、幼稚園からずっと一緒。今では同じ中学から高校に行った唯一《ゆいいつ》の子で、つぐみだけが中学時代のあたしを知っている。

「ね、つぐみ。今日のあたし、なんか違うのわかる？」

親は駄目でも、同じ女の子のつぐみならもしかして気づくかも。一縷《いちる》の望みをかけてにっこり笑ってみせると、つぐみはうーんと考え込んだ後、言った。

「目、なんか、変えた？」

「正解！　新しいカラコンにしたんだ」

「へぇえ、すごい。なんか、目が大きく見えるね」

「そのためのカラコンだもん。なんのために、瞳に色がついてると思ってるのよ」

「わたし、普通のコンタクトでも怖いのに。カラコンとかよく入れられるよね」

そう言うつぐみは幼稚園の頃から、ずっと牛乳瓶の底みたいな分厚い眼鏡をかけている。生まれついての近視らしい。野暮《やぼ》ったい眼鏡もそうだけど、つぐみは全体的に地味だ。ひっつめ三つ編みにした黒髪に、一度も手入れしたことのないような眉。重たい一重瞼《ひとえまぶた》と薄い唇。せっかく脚が細いのにスカートは校則通りの丈《たけ》だし、ソックスも長過ぎ。同じ制服なのに、よくもここまでダサく着こなせるものだと思う。

「つぐみってさ、もったいないよね」

電車がホームに滑り込んできて、乗り込んだ後つぐみに言う。この時間の電車はけっこう混んでいるけれど、小声でおしゃべりするくらいのスペースは確保できた。

「何が？」

「何がって、見た目に手を抜きすぎだよ。せっかく髪がきれいなんだからヘアスタイルも工夫したほうがいいと思うし、顔なんてメイクでどうにかなる。アイプチで二重《ふたえ》にして、プランパー使えばその薄すぎる唇もぷっくりすると思うし。制服だってさ、もっといろいろあるでしょ？　スカート丈短くするとか、ソックス短くするとか」

「わたしはゆずちゃんと違って、元がよくないから」

不器用に笑うつぐみ。なんだか心の底をひっかくような、どこかいらつく笑い方だった。

「ゆずちゃんは元がいいから、ダイエットしたりお化粧したりすれば、ちゃんとかわいくなれるんだよ。元が悪いわたしが同じことしたって、みんなに笑われるだけだって」

「何そのマイナス思考！　挑戦する前からあきらめるなんて、カッコ悪くない？　つぐみはかわいくなりたいと思わないの？」

「そりゃ、思うけどさ」

つぐみはイケてない長いソックスの足元に目を落としてつぶやいた。

「ゆずちゃんみたいには、わたしはなれないよ」

「あ、そ」

そこで電車が隣の駅について、ドアが開く。あたしたちが降りる駅はまだ先だけど、同じ制服の子たちが乗り込んできたのに気づいて、あたしはじゃ、とつぐみに手を振って別れ、さりげなく隣の車両に移動した。同じ制服の女子たちはべらべらべらべら、電車の中だから少しは周りの迷惑考えろよって言いたくなるほどの大声で、昨日配信されたネットドラマの話をずっとしていた。

つぐみと一緒にいるところは、同じ学校の子にはなるべく見られたくない。幸いクラスは違うけれど、学校ではあたしに話しかけないでってつぐみに言ってあるし、つぐみもその意味は理解したらしくわかった、とへにゃりと笑った。

だって、せっかくかわいくなって、スクールカーストも最底辺から一気にランクアップしたのに、地味なつぐみと一緒にいたら「そんな子と友だちなの？」って思われる。今のあたしがつぐみと一緒にいるメリットなんてない。朝、駅で会った時に話をするのは、同じマンションに育った幼馴染みとして義理みたいなものがあるから、それだけだ。

電車が速度を上げて、だだっ広い田んぼの中を滑っていく。今日から新学期。九月になったばかりの空にはまだ夏の名残《なごり》の元気のいい入道雲が浮かんでいて、白い日差しが早くも気温を急上昇させていた。

中学時代、あたしは今より十五キロも体重が多かった。

中学生になると男の子は身長がぐっと伸びて、女の子は体重がぐっと増える。そう、保健の先生は言っていたけれど、だからって十五キロは増えすぎ。Tシャツを着るとぱっつんぱつんになったし、制服のスカートがあっという間にきつくなって、買い替えるはめになった。

肉だるまみたいな体型のあたしは、心ない男子たちからいじめに遭《あ》った。

殴られるとか物を投げられるとか、肉体的な攻撃を受けたわけじゃない。それでも、廊下を歩いているだけで「デブブスが通るぞー！」とヤジを飛ばされたり、何かにつけて「デブブスは一生彼氏なんてできねえよなあ」と笑われたりするのは、太ったことを何よりも気にしているあたしにとっては、殴られるよりもひどい仕打ちだった。周りの友だちはやさしくて、「そんなこと気にしちゃ駄目だよ」と言ってくれたけれど、そんなの傷口に唾《つば》をつけるよりも効果がなかった。

結果、あたしは不登校になった。

中学二年生の夏休みが終わっても、あたしは学校に行かなかった。最初は風邪だと言っていたけれど、一週間、二週間、やがて一か月と過ぎていって、お父さんとお母さんも焦《あせ》ったんだろう。男子にいじめられたことを話した時は「それくらいで不登校になるなんて情けない」という反応だったけど、不登校が長期化するにつれて、このままじゃ駄目だと思ったようで、カウンセリングに連れていこうかとか、フリースクールはどうかとか、いろんな提案をしてきた。正直そんなのどうでもよくて、ただ部屋に引きこもり、不登校になってからの唯一の楽しみだった、お菓子をばりぼりむさぼった。

つぐみは不登校になったあたしのもとに、毎日学校が終わるとかかさずやってきた。いろいろな話をしてくれた。みんな心配してるし、あたしを不登校に追いやった男子たちも反省してるから、学校に戻ってきたらいいじゃない。そんなつぐみの言葉を信じることはできなかった。

やがて年が明け、春の陽気が少しずつ漂いはじめる頃、決意した。このままじゃいけないって。引きこもってからお菓子を食べまくっていたせいで、あたしの体重はさらに五キロ増えていた。

引きこもったまま受験勉強に勤《いそ》しみ、同時にダイエットに励んだ。昼間は同じ学校の子に会う恐れがあるから、朝早く起きて十キロのランニング。食事も自分で台所に立ち、ダイエット仕様のメニューを自分で用意した。お母さんが作る衣《ころも》の分厚い唐揚げやチーズがたっぷり入ったハンバーグなんて食べてたら、いつまでも痩せられない。いきなりダイエットに目覚めたあたしにお父さんもお母さんもとまどっていて、「そんなことしなくていいのに」という反応。「ダイエットより、まずは学校に行きなさい」ともっともなことを言われ、何もわかってないんだな、と怒りよりむしろあきらめの気持ちが湧いた。

秋になって志望校をつぐみに告げると、つぐみも「じゃあわたしも同じ高校に行く」と言った。「ゆずちゃんが心配だから」とも。同じ学校の子が行かないような、少し離れたところをわざわざ受験するのに、つぐみも一緒じゃ意味がない。そう言うと、「わたしは中学時代のゆずちゃんのこと、誰にも言ったりしないよ」とへにゃりと笑った。なんだか、いらついた。心配だから同じ高校に行くっていうのも上から目線だし、誰にも言わないって弱みを握られてるみたいで気分がよくない。

でもそれ以上反対もできず、結果、あたしとつぐみは同じ高校に合格した。

進学する高校が決まった春休みの間は、メイクの研究に費やした。見事痩せて、顔も別人みたいになったけれど、せっかくならもっと垢ぬけたい、かわいくなりたい。今どきのメイク技術の進化はすごくて、スクールメイク向けのナチュ盛れコスメが、あたしにも買えるような値段でたくさん出ている。お年玉でそれらを買い集め、ベースの作り方や眉毛の描き方、アイラインの引き方など納得いくまで情報を集め、研究し、鏡の前で練習した。おかげで新学期、入学式を迎える頃には鏡の中のあたしは、顔面偏差値四十五の顔から、七十くらいまでかわいくなっていた。

それでも、引きこもりの不登校児にとってやっぱり「社会」というやつはそれだけで身構えてしまうほど手ごわいもので、入学式の日、教室に入る時はちょっと緊張した。でもそんなのは杞憂《きゆう》で、すぐに声をかけてくれた子がいた。

「そのリップ、『ハートフルメイク』の新しいやつだよね?」

その子は茶色い髪の毛をきれいにくるくる巻いていて、あたしと同じ一年生のはずなのに既に二年生か三年生ぐらいの風格を漂わせていた。人の使っているリップのメーカーを一瞬で当てるのもすごいと思った。

「う、うん、そう。春休みに買って、今日はじめて使うんだけど」

親とつぐみ以外の人間と話すのが久しぶりすぎてしゃべりがぎこちない。巻き髪の子の後ろからポニーテールの女の子がひょこっと顔を出す。

「あたしと佳子も同じやつ、持ってる！　これいいよね、ティントになってるからなかなか落ちないし、色も派手すぎないから学校につけていくにはぴったり！　自然に血色《けっしょく》よくなる！」

巻き髪のほうが佳子で、ポニーテールが沙裕。こうして、中学の時はぜったい接点なんかなかった、垢ぬけたかわいい友だちが簡単にできた。

それから数か月後、人生初の彼氏もできた。男の子にアプローチされるなんてはじめてで舞い上がっちゃったけれど、付き合ってみたらあんまりいいやつじゃなくて、すぐ別れちゃったけど。それでも、かわいい友だちにカッコいい彼氏。「デブブス」だった頃は決して手にできなかったものが手に入るだけで、自己肯定感は爆上がりだった。所詮《しょせん》、人は見た目が99パーセント。キラキラした青春や恋愛は、かわいい子だけのものなのだ。

教室に入るとさっそく、佳子と沙裕が話しかけてくる。佳子の髪がグレーがかった茶色になり、沙裕はそれとは真逆にずいぶん落ち着いた色になっていた。

「佳子、また髪色変えたー？」

「うん、ちゃんと美容院でやってもらったよ！　夏休み中、バイトがんばったもんね、うちら」

見た目を整えるのにもお金がかかるので、あたしたち三人は夏休み中はバイトに励んでいた。といっても高校生でもできる、単発のバイトだけど。工場での作業とかイベントスタッフとか、いろいろなところで働けるのはそれなりに面白かったし、まだ高校生のあたしたちにとってはいい社会経験になったと思う。まあそれよりも、なかなかのお金になったということがうれしいんだけど。

「沙裕は逆にずいぶん落ち着いた色にしたんだね？　ほぼほぼ真っ黒じゃない？」

「うん。ちょっと、モテを意識してみようかと思って」

なんて、少し恥ずかしそうに言う沙裕。沙裕は一年生の時には付き合ってた人がいたけれど、今は彼氏はいない。

「えー、沙裕、彼氏はしばらくいいやとか言ってたじゃん？　どういう心境の変化？」

「いつまでも前の恋愛引きずっててもしょうがないし。だいたいうちら、もう高二じゃん？　受験、目の前じゃん？　三年生になったら今までみたいには遊べないだろうし、恋愛にうつつを抜かせられるのも今のうちかな、て。男子って、なんで黒髪が好きなんだろうねー」

「そうでもなくない？　幸也《ゆきや》は、染めてたほうがいい、むしろ染めてて、って言うよ？」

「幸也くんって美容師志望でしょ？　特殊じゃんー！」

　佳子の彼氏の幸也くんは他校の人で、中学の頃から付き合っててもう二年になるらしい。写真を見せてもらったことがあるけれど、美容師志望なだけあってなかなかカッコよく、アイドルにまぎれていてもおかしくないような顔立ちをしている。だからこそ佳子は「いつ他の女に盗《と》られないか不安」らしいけど、それなりに幸也くんとの恋愛を楽しんでいる。

「つーか佳子、日焼けしてない？」

　あたしが言うと、佳子はばれたか、と笑った。

「一昨日《おととい》、幸也とプール行ったんだよね。その時に。顔はしっかり日焼け止め塗ってたんだけど、腕とかどうしようもないよね。もう真っ黒！」

「駄目だよーちゃんと紫外線対策はしなきゃ。うちのお母さんもシミだらけだから、沙裕、日焼け止めはちゃんと塗らなきゃ駄目だよって言われるもん。なんで地球温暖化って年々進むんだろうね？　日差しもどんどん強くなってるしさあ」

佳子と沙裕のなんてことない平和な会話を聞いていると、つくづく、かわいくなってよかったな、と思う。

「デブブス」だった中学生の頃、こういうタイプの子たちにはぜったい自分からは近づかなかった。もちろん悪い子じゃないっていうのはわかってたけれど、短いスカートを翻《ひるがえ》し、教室でも我が物顔で振る舞い、当たり前に彼氏の話とかしているあの子たちは、自分にはもっとも遠い存在に思えて、話しかけちゃいけないような気がした。「デブブス」なあたしはつぐみとか、同じように地味で垢ぬけない子といるほうが、自分の立ち位置をちゃんとわきまえている適切な行動の気がした。

自分磨きをすると、絶対いいことはある。大げさじゃなく、世界が変わる。佳子たちといるだけであたしまでえらくなったような気になれる。実際、今も教室の隅っこであの頃のあたしみたいな見た目の子たちが、こっちを眩《まぶ》しそうに見つめてるし。

中学の頃は、あたしもあんな目でかわいい子たちを見ていたんだろう。憧《あこが》れと羨望《せんぼう》が混ざった眩しいものを見る目。今ではあたしはその目で見る側ではなく、見つめられる側だ。高校に入って佳子と沙裕と一緒にいるようになって、最初はなんで自分がひそかに注目されているのかわからなかった。その視線に込められた感情に気づいた時、痩せてメイクもがんばってよかった、と心から思った。

人間は平等なんかじゃない。お金も仕事も地位も持っていない高校生のうちでも、かわいい子とそうじゃない子の間にははっきりとラインが引かれる。

そこでチャイムが鳴って、担任が教室に入ってきた。うちの担任は三十半ばのおじさんだけど、背が高くて顔もなかなか格好いいから、割と女子から人気がある。

「今日は転校生を紹介するぞ」

転校生、というだけで教室が沸き立つ。もう高校二年生なのに、こういう時のみんなの反応は小学生と変わりない。前の席に座る沙裕が振り返って耳打ちしてくる。

「男かな？　女かな？　あたし的にはイケメンを望む」

「あたしも」

一気に騒がしくなってしまった生徒を目の前に、担任がぱんぱんと手を打つ。

「おーい、静かにしろー。じゃ、入ってきてくれ。阿久津《あくつ》くん」

くん、ってことは男じゃん！　これはもしかしてイケメンとの出会いに期待!?　新学期早々、なんて幸運!!

やがて教室に入ってきた彼の横顔に、思わず目を見開いていた。

意志の強そうな太い眉。涼しげな切れ長の目。すっと通った鼻筋。色がすごく白くて、おそらく何も塗ってないだろうに、思わず触りたくなるようなつるんとした肌をしている。

芸能人の誰かに似ているようで、誰にも似ていない。ここまで顔面偏差値が高い男の子、芸能界にすらなかなかいないんじゃないか。

頭の中心がぼうっとなって、あたしの視線は阿久津くんにロックオンされる。少し緊張した面持《おもも》ちの阿久津くんが教卓の真ん中まで進んで、少し緊張した素振りで声を発す。

「阿久津純晴《じゅんせい》です。よろしくお願いします」

発した声も男の子にしてはちょっと高いテノールの、落ち着いた響きで百点満点。

やばい。どうしよう。

牧野柚葉、いきなり恋に落ちました。

第二章　動きだした恋心

体育館に全校生徒が集められ、校長の話を延々と聞かされるという、退屈きわまりない始業式の間。

あたしはひたすら、阿久津《あくつ》くんの後頭部ばかり見つめていた。

並ぶのは出席番号順だから、あ行の阿久津くんは必然的にいちばん前。身長がけっこう高いから、後ろのほうにいるあたしからもちょっとだけその姿が見える。

顔もいいけれど、頭の形もなかなか整ってる気がする。今どきっぽい長めの黒髪がよく似合う。それにスタイルだってばつぐんだ。手も脚もすらっと長くて、まだうちの制服ができてないんだろう、前の学校のものらしい詰襟《つめえり》をばっちり着こなしている。

見れば見るほど心が浮き立って、心臓がどきどきしてしまう。

「柚葉《ゆずは》、さっきから阿久津くんのことめちゃめちゃ見てない？」

始業式が終わって教室へ向かって歩く間、佳子《かこ》にそう耳打ちされて、思わずどきんとした。

「み、見てない！　神に誓って見てない‼」

「あはは、ウケる、その反応。あわてすぎ。ぜんぜん隠せてないって」

佳子に笑われて頬が熱くなる。たしかにあたし、ちょっとわかりやすすぎたかも。

「ふーん、阿久津くんかあ。たしかにイケメンではあるよねえ」

沙裕《さゆ》はというと、どことなくクール。沙裕は三人のなかでいちばんかわいいからよく告白されているけれど、男子に対しては採点が厳しいらしく、ちょっとやそっとでは心が動かされることはないみたい。今も沙裕はクラスメイトになりたての転校生に、特に興味がある感じではない。

「沙裕的には、阿久津くんはなし？」

「なしっていうか、ちょっとあたしの好みとは違うかな。なんか、暗いとまではいかないけれど、内向的すぎる感じがしない？　付き合うんだったら、楽しい人のほうがいいでしょ」

「そういうもの、かあ……」

沙裕はなんと小学校時代から彼氏がいたという恋愛上級者だ。それにひきかえ、たったひとりとしか付き合ったことのないあたしとじゃ、こういう会話はうまくかみ合わない。

佳子があたしの肩をばしっと叩く。

「よかったじゃん、柚葉！　沙裕と好きな人かぶんなくて」

「あたし、阿久津くんのこと好きなんてひとことも……」

「目は口ほどにものを言う、って知ってる？」

佳子ににやにやしながら言われて、あたしは返す言葉もない。

極端にこういう経験がないから、ひとを好きになった時に友だちにどう報告したらいいのか、わからないのだ。

「あたしは賛成だよ、阿久津くん！　真面目《まじめ》そうだし、柚葉の前の彼氏よりぜんぜんいいやつだと思う」

「ちょ、佳子、こんな時にあいつのことわざわざ思い出させないでよ……」

「ごめんごめん。とにかくあたしは応援するからさ、柚葉のこと」

「ほんと？」

「もっちろん！」

ピースサインを作る佳子。その隣で沙裕もうなずいている。

「転校生にひとめぼれ、なんてマンガみたいだけど。素敵な出会いだと思うし、友だちとして応援しないわけないよ」

「ほ、ほんと？　いいの、二人とも……」

「柚葉のためにひと肌脱がせて！」

軽く胸を反《そ》らせて言う佳子の隣で、沙裕が笑ってる。

ひと肌脱がせてって、具体的に何をするつもりだろう……？

教室につくと、阿久津くんはさっそくみんなに囲まれていた。こういう時、真っ先に転校生に話しかけていいのは、見た目がいい子や運動部に入っている子たちだと暗黙のルールが決まっている。

「阿久津くんってどこから転校してきたのー？」

「千葉《ちば》」

「前の学校で部活やってたー？」

「帰宅部」

「俺と一緒にバスケやんね？　阿久津、背高いから即戦力だよ」

「しばらく家の片付けとか忙しいから無理」

「阿久津くん、休みの日は何してるのー？」

「読書」

テニス部の女子たちやバスケ部の男子たちから、さながら記者の囲み取材みたいになっ

「暗いとまではいかないけど内向的すぎる感じ」って言ってたけど、ほんとにそうなのかも。

しかし佳子はそんな空気なんて、ものともしない。

「阿久津くんさあ、今日の放課後空いてる？　よかったら、あたしたちで学校の案内してあげたいんだけど」

テニス部の女子たちがいっせいに佳子を睨《にら》む。視線が痛い。どうやらこの子たちも、阿久津くんを狙ってたらしい。当の佳子はそんな視線なんてかゆくもないって感じでニコニコしてる。すごいメンタルだ。

「お願いしようかな」

阿久津くんがそう言ったので、ちょっとびっくりした。もっとも、この囲み取材的な雰囲気にうんざりしていただけかもしれないけど。

「そうこなくっちゃ！　じゃ、放課後ね」

そう言って去っていく佳子。あたしたちはまだテニス部女子たちの視線に突き刺されている。後頭部が痛い。

「うまくいったね、柚葉」

「うん……ありがと」

ピースサインを送ってくる佳子をすごいなあと思いつつ、あたしはやっぱり阿久津くんが気になっていた。

注目されるのが面倒くさいって感じはするけれど、むしろあそこまでみんなの質問に対して冷淡だと、別のことを考えてしまう。

新しい学校で、みんなと仲良くする気あるのかな？　って。


今日は始業式だけなので授業はなく、帰りのHR《ホームルーム》の後はすぐ放課後。

部活に行く子、バイトに行く子、それぞれがこの後過ごす場所を目指して教室を出ていくと、あたしと佳子、沙裕は阿久津くんの席を取り囲んだ。

「じゃ、さっそく行こうか、阿久津くん」

心なしか楽しそうな佳子。応援してくれるというより、むしろ面白がられてる感じがしなくもない、けど。これはこれでありがたい。あたしひとりだったら、なかなか阿久津くんに話しかけられなかっただろうから。

阿久津くんは立ち上がると、佳子と沙裕の後ろについて歩きだした。あたしはさりげなく、阿久津くんの隣に陣取る。ただでさえ女子三人に男子ひとりという訳のわからない組み合わせの上、阿久津くんは転校生。いやでも注目が集まっていた。

でもすぐ隣、阿久津くんに近いほうの肩がじゅんと熱を帯びている気がして、その決まり悪さがむしろ心地よい。

「ここが東棟。音楽とか美術とか、理科の実験とかは、このあたりでする」

東棟の特別教室エリアに来ると、人気《ひとけ》がほぼない。放課後はこのあたりは吹奏楽部や軽音部、美術部が活動しているけれど、今はまだ人が集まっていないみたいだ。

「理科室はあそこ！　て、理科室って書いてあるから、わかるよねえ。人体模型が動くとか、何年前の小学生だよ！　って噂もあるよー」

「ふうん」

「あれが視聴覚室！　たまに音楽の授業もあそこでやる。オペラの映像観《み》させられたりとか」

「ふうん」

相変わらず面倒くさそうな阿久津くん。佳子はそんなのどうでもいいって顔してるけど、沙裕は少しずつ顔が怪訝《けげん》そうになってきた。

本当に大丈夫かな？　と思っていると、佳子が「あっ」とわざとらしい声をあげた。

「やば、幸也《ゆきや》から連絡来てるー。今日これから会う約束してたんだ。じゃ、あとは二人で、阿久津くんのことちゃんと案内してあげてね！」

「え、ちょっと、佳子……」

そそくさと去っていく佳子。あっけにとられていると、沙裕までわざとらしい声で言う。

「あたしも今日、この後バイトだったわー。忘れてた！」

「え？　え？」

「柚葉ひとりになっちゃうけど、ちゃんと案内できるよね？　じゃあねー」

あっという間にあたしと阿久津くんのふたりきりになってしまう。ふたりとも、あの様子だとあらかじめ示し合わせていたに違いない。

どうしよう。あたしまだ、阿久津くんとろくにしゃべってもいないのに！

「えと、とりあえず、購買行こう、か……？」

しどろもどろになりながら言うと、阿久津くんはうなずいてくれた。

購買部を目指しながら、自分は何をやってるんだろうと思う。いくら阿久津くんが好きで近づきたいからって、空回りしてるとしか思えない。阿久津くんはさっきからにこりともしないし、本当はこの時間がつくづく退屈で仕方ないのかもしれない。

早く帰りたいとか思ってたら、どうしよう。

いつもはこの時間だと賑《にぎ》わっている購買部は、半数以上の生徒が下校した後だから人影が少なかった。ジャージに着替え、これから部活ですって感じの運動部の生徒たちがちらほらいるだけ。あたしはアイスケースに歩み寄り、ひとつ取り出す。

「うちの購買部ね、アイス売ってるんだ。阿久津くんの前の学校でも、売ってたかもしれないけど」

「いや、売ってなかった」

たったそれだけだけど、阿久津くんとまともにコミュニケーションがとれたことで、心にぱあっとうれしさが広がっていく。

つい数時間前に出会ったばかりなのに、すっかり阿久津くんのことを好きになってしまっている自分におどろいた。

「転校記念に一本、買ったげるね。あたしも同じの食べるから」

「ありがとう」

あんまりうれしそうには見えないけれど、とりあえずお礼を言ってくれた。

中庭でふたり、ベンチに腰掛けてアイスを食べる。しゃきしゃきしたミルク味のアイスは、九月のまだ夏の名残たっぷりの日差しのもと、あっという間に溶けていく。手を伝うアイスの雫《しずく》をあわててティッシュで拭《ぬぐ》っていると、阿久津くんがぽつんと言った。

「名前」

「え？」

「あんたの名前。まだ聞いてないんだけど」

そうだ、あたしってば肝心の自己紹介を忘れてた！　でも名前を聞きたいなんて、阿久津くんがあたしに興味を持ってくれてるってことだ。俄然《がぜん》、はりきってしまう。

「牧野《まきの》柚葉、柚に葉っぱの葉って書くの！　五月三十日生まれの双子座でO型、趣味は、ええと……今はおしゃれが趣味、かな？」

「いやそこまで訊《き》いてねえし」

「ご、ごめん！」

つい謝ってしまう。そうだよね、そこまで訊いてないよねー。やっぱり阿久津くん、あたしのことにろくに興味なんてないのかも。いやいやでも、こんな反応をされたくらいで凹《へこ》んでなんていられない！

「阿久津くん、純晴って下の名前格好いいよね？」

「そう？」

「そうそう、すごく格好いい！　これから純晴くんって呼んでいい？」

「いいよ別に。苗字、あんま気に入ってねえから」

やったあ、と思わず小躍《こおど》りしたくなる。下の名前呼び権ゲット！　これだけで、テニス部の女子たちを一歩リードだ。

ふたりともアイスを食べ終わってしまうと、いよいよやることがなくなった。放課後の喧騒が遠くに聞こえ、風が木漏れ日《こもび》の影をさわさわ揺らす。ああ、沈黙がつらい。

「純晴くんは他に、行きたいところとか見ておきたいものある？　ていっても、もうほとんど回っちゃったんだけど」

「図書室」

「え？」

「図書室に行きたい」

そういえばみんなに囲まれている時、読書が趣味だと言っていたのを思い出した。読書が趣味！　なんかそれだけで格好よく思えてしまう。純晴くんはきっと頭もいいに違いない。

「いいよ図書室、行こう！」

そう言って笑顔を作るあたしに、純晴くんは相変わらず不愛想だった。

図書室は特別教室エリアの隅、四階の角っこにある。昼休みと放課後は開放されているけれど、今どきの高校生は読書なんてしないのか、室内はほぼあたしと阿久津くんの貸し切り状態だった。窓辺《まどべ》の閲覧《えつらん》スペースで本を読んでる女子生徒がひとりいるだけで、あとは本たちが息をひそめているように、しんと沈黙が広がっている。

「ゆずちゃん?」

つぐみに声をかけられた。つぐみは図書委員で、今日もここで雑用をこなしている。つぐみいわく図書委員は人手不足らしく、何度も手伝ってと言われたけれど、昼休みや放課後の貴重な時間をつぶすのは嫌だし、何よりつぐみと仲良く話しているところを佳子や沙裕に見られたくないので断っていた。

「この人、うちのクラスの転校生の阿久津純晴くん。今、学校を案内して回ってるとこ」

「江川《えがわ》つぐみです」

ぺこっと小さく頭を下げるつぐみを純晴くんはどことなく物珍しそうな眼差《まなざ》しで見た後、さっそく質問をはじめた。

「この図書室、村上春樹《むらかみはるき》ある?」

「もちろん。日本の小説なら、あっちの棚に全部あるよ。村上春樹は人気だから、借りられちゃってるのもあるけど」

「あんた……江川は、どんな本が好きなの?」

「わたし? わたしはねー。吉本《よしもと》ばななとか、好きかな。わたしの名前、吉本ばななの小説からとったんだって」

「ああ、あるよな、TUGUMIって本」

あたし抜きで進んでいく会話。何これ。あたしの前ではだんまりだった純晴くんが、一瞬でつぐみに心を開いている⁉

もしかして純晴くんは、あたしや佳子や沙裕の見た目が苦手なのかもしれない。派手でギャルっぽい見た目の女子を避け、つぐみみたいなおとなしそうな感じの子のほうが話しやすいって男子も一定数いることをあたしは知っている。とはいえ、納得いかない。せっかく自分磨きをがんばったあたしが報《むく》われなくて、何もがんばってないつぐみがたちまち純晴くんと打ち解けちゃうなんて、ひどすぎる。

「ねえ、ゆずちゃんのおすすめも教えてあげたら？」

空気を読んだのか、つぐみがあたしに水を向けてくれる。純晴くんの視線もあたしに向く。とはいえ、読書なんて中学の朝読の時間にしていたくらいで、自《みずか》ら本を買い求めて読むような趣味はあたしにはない。つぐみだってそれを知ってるくせに、なんて話題を出すのか。

「ええと、あたしのおすすめは……これ、かな？」

小説の棚から一冊の文庫本を取り出し、純晴くんの前に突き出す。

「いじめで死んだ女の子が幽霊になって現世に戻ってくるって内容なんだけど。霊感のある男の子も出てきたりして……幽霊とかあんま信じてないけど、これは楽しめたんだよね」

「それ、わたしも中学校の頃読んだ。面白いよね」

つぐみが目を細めて言う。なんだかつぐみには、あたしがなんで純晴くんと一緒にいるのか、見透かされてしまったようで決まり悪い。

純晴くんはしばらく本の表紙を眺め回した後、つぐみにその本を渡した。

「これ、借りるわ」

「わかった！　あ、阿久津くんは転校生だったよね。まずは貸出カードを作ってもらわないといけないいんだけど」

貸し出しの手続きをするつぐみと、真剣に説明を聞いている純晴くん。ふたりの姿を見ているだけで、胸がざわざわして、落ち着かなくなった。

野球部の生徒たちが列になって、校庭の周りを声をあげながら駆けていく。こんな暑いのによくやるなあと思いつつ、あたしは純晴くんと肩を並べ、校門を出た。高校生の男女がふたりきりで下校となると、やっぱり周りの注目が集まってしまう。しかも純晴くんは転校生。何人かの女子たちが、指差し合ってこっちを見ていた。気持ちいいような、落ち着かないような。

「さっきの本、借りちゃってよかったの？」

「え？　なんで？」

「あれ、女の子向けだし。男子が読んでもあんまり面白くないかなって」

「本に男とか女とか関係ある？　女子が主人公の話でも面白いやつたくさんあるし、逆に男が主人公の話でもすっげえつまんねえやつもあるぞ」

「ふうん……」

読書をしないあたしにはぜんぜんわからないから、そんな反応しかできない。

駅に続く並木道、まだ青々としているイチョウがざわざわと風に揺れる。あたしたちは見事に無言。せっかくふたりきりなのに、一緒に帰れたっていうのに、これじゃあ駄目だ。何か話題を探さないと。

「純晴くんって、なんで転校したの？」

なるべく明るい声を出すと、純晴くんはあたしのほうを見ないまま、ぽつんと答えた。

「親の離婚」

「え……」

事もなげに言われて、次の言葉が出てこない。そんなあたしを見かねたように、純晴くんは言葉を続ける。

「べつに気を遣《つか》わなくていいぞ。愛人作った父親なんかといつまでも同じ家で暮らすの、嫌だったし。母さんも俺も憎い相手から離れられて、よかったって思ってるから。阿久津って苗字には慣れないけど」

わざと明るく振る舞ってるわけでもない淡々とした口ぶりに、ちょっとずつ積もっていた違和感の答えが出た。

純晴くんが苗字を気に入っていないと言ったのは、まだ新しい苗字に慣れていないから。せっかくみんなに囲まれているのに無愛想を貫《つらぬ》き通したのも、親のことで気を揉《も》んでいる純晴くんとしては、すぐに新しい友だちを作るような前向きな気持ちになれていないからなのかもしれない。

あたしって、なんて考え足らずだったんだろう。

好きになって、とにかく仲良くなりたい一心で、純晴くんが何を考えてどんな事情を背負っているかなんて、今の今まで思いやろうともしてなかった。

「ごめん、なさい」

そう言うと、純晴くんはようやくあたしを見た。

「だからいいって言ってるだろ、そういうの」

「だって。変なこと話させちゃったし」

「変なこと、じゃないだろ。単なる事実だ」

「そうだけど……」

気にしてないわけなんてない。もしもあたしのお父さんとお母さんが同じことになったら、めちゃくちゃつらい思いをするはずだから。

それきりまた会話はなくなってしまい、気まずい雰囲気のまま、あたしたちは同じ電車に乗り込んだ。

「純晴くん、どこで降りるの？」

「石田原《いしだはら》」

「そう、近いね」

ということは、あと二駅か。きっと明日になればあたしと純晴くんは、またなんの接点もない、ただのクラスメイトに戻ってしまう。せっかく佳子と沙裕が気を回してくれたのに、このままなんの収穫もなく終わってしまうなんて、悔しい。

「あのさ、ＩＤ教えてくれない？」

いちかばちかの気持ちでスマホを取り出し、メッセージアプリを起動させて純晴くんの目の前に押しやると、意外にも純晴くんは素直にスマホを取り出した。連絡先交換に応じてくれる⁉　ずっと手応《てごた》えないと思ってたけれど、少なくとも拒《こば》まれてはいないみたい。

「QRコードでいい?」

「うん。あたしが読み込むね」

画面をかざすと、純晴くんのアイコンが表示される。空と電車? 普通はペットの写真とかだと思うけれど、なんの飾りけもない風景写真だってところがまた純晴くんらしいなと思って、胸が熱くなった。

はじめましてと書いてあるスタンプを送り、純晴くんにっこりする。

「今スタンプ送った。これからよろしく」

「ん」

そこで電車は石田原についてしまう。ぷしゅうと扉が開き、純晴くんは降りる前にちらりとあたしを振り返った。

「じゃ、また明日な」

やがて人ごみに消える純晴くんの小さくなっていく背中を見つめながら、心臓がどきどきと甘い早鐘を打っていた。

また明日、だって! また明日!! これはきっと明日も、純晴くんとしゃべっていいってことだよね?

家につく前にもう一度スマホを確認すると、純晴くんからさっきの返信が来ていた。マンガのキャラの、適当に送ったようなスタンプひとつだけど。純晴くんとつながったスマホが愛《いと》しくて、ついひとりでにやけてしまった。

スタンプを返してくれたってことは少なくともあたしとやり取りするのが嫌じゃないはずなので、メッセージを送ってみる。

『今日はありがとう！　早く新しい学校に慣れるといいね。本の感想、読んだら教えてね』

――五分ほどスマホと睨《にら》めっこして、ようやくこんな文章を送ってみた。返事はすぐに来た。

『こちらこそ。あの江川って子にも、よろしく言っといて』。ここでつぐみの名前が出てくるところが気に食わないけれど、まずは会話できたことを喜ばなきゃ。やばい。頬が緩《ゆる》んで、ひとりでに笑ってしまう。

「わたーしの♪　こいははしりーだーしたー♪」

電車を降りて、つい適当な自作ソングを歌いながらコンビニに入る。また太りたくないから甘いものはなるべく避けてるけれど、こういいことがあった日くらい、お菓子を食べたい。スイーツの棚の前で、並べられているお菓子たちと睨めっこしていた。バウムクーヘンが食べたいけれど、シュークリームのほうがカロリー低い。それとも和菓子にしようかな。

「柚葉」

悩んでいたらいきなり声をかけられて、はっと顔を上げる。

斜め後ろにいつのまにか立っていたのは、神崎正直《かんざきまさなお》。つぐみと同様、同じマンションで育った、あたしのもうひとりの幼馴染《おさななじ》みだ。あたしとつぐみとは違う、サッカー部の強い高校に通っている。

「あんた、なんでこんなところにいるの？」

つい声がきつくなってしまう。正直は眉を寄せ、小さく肩をすくめた。

「別にいたっていいだろ。俺ん家《ち》今日親、遅くなるからさ。夕飯買いに来た」

「ふーん」

「ふーんってお前。ぜんぜん興味ないのな」

「ないもん」

ばっさり切り捨てると、正直はふうとため息をついた。

中学の時のあたしを知っている正直は、なるべく関わりたくない相手だ。ダイエットやメイクをがんばって、なんとかスクールカースト上位グループの仲間入りを果たしたあたしとは違い、正直は顔も運動神経もよくて、昔からなんにもしなくてもクラスの注目を集めるタイプ。幼馴染みじゃなかったら、接点なんてなかったような人だ。

「そんな短いスカート穿《は》いてたら痴漢されるぞ」

正直はあたしの全身をまじまじ見た後、そんなことを言った。

「ちょっと、どこ見て言ってんのよ！」

「見たくなくても目に入るんだよ、それだけ短けりゃ」

「べつにいいでしょ、あたしの自由だし。今仲良くしてる子、みんなこれくらい短いもん」

中学の頃は周りが短くしてるからって、自分も同じように、なんてぜったい思えなかったけど。太い脚を見せるのに抵抗があったし、何よりかわいくない子がそんなことしてもイタいだけだって知ってる。脚瘦《や》せはお腹《なか》を引き締める以上に大変だった。今でも毎晩マッサージをして、血行をよくしている。

「まあ大丈夫か。なんてったって柚葉だもんな。痴漢だって、ひとを選ぶよな」

聞き捨てならない台詞《せりふ》を吐いた。かわいくなったらつぐみも佳子も沙裕もいい反応なのに、正直だけは昔からずっとこの調子だ。

「ちょっとそれどういう意味よ！」

「言葉そのまんまの意味だよ」

正直はそう言ってお弁当をひとつ手に取り、レジへ行こうとする。一度だけこちらを振り返り、投げつけるような言葉を吐いた。

「ちゃらちゃらした格好したいんだろうけど、ぜんぜん似合ってないからな。見た目だけよくしたって、俺は騙《だま》されねえから」

「……正直の馬鹿！」

子どもっぽい悪態をついて、あたしはコンビニを飛び出した。もうお菓子のことは頭から吹き飛んでいた。このままだと正直と一緒に家までの道のりを歩くことになるし、絶対それは嫌だった。

午後の強い日差しが降り注ぐなか、マンションまでの坂道を上る。じゅわっと額《ひたい》に汗が噴き出してきて、それをハンカチで拭いながら中学の時のことを思い出していた。

正直は、あたしの初恋の相手だった。

いつどうやって正直を好きになったのか、よく覚えていない。ただ、保育園に入る前からあたしと正直とつぐみの三人は一緒に遊んでいて、きょうだいみたいに育ってきた。もしかしたらその頃からなのかもしれないけれど、正直を格好いいと思うようになり、いつのまにか目で追うようになっていた。

実際、あたしと正直は仲がよかった。男女の幼馴染みに距離ができてしまう小学校の高学年になっても学校から一緒に帰ってたし、中学時代はクラスは離れたけれどよく話していた。そんななかで、サッカー部のエースでモテているのになぜか彼女を作らない正直とあたしは、噂されるようになった。

あのふたりは付き合っているのかもしれない、って。

そう言われるのはまんざらでもなかったし、本当に正直があたしのことを想ってくれていたら。そう、有頂天《うちょうてん》になっていたのを、あいつはぶち壊した。

放課後の教室だった。一度家に帰って、宿題のプリントを忘れて学校に戻ると、教室でサッカー部の連中が集まって話していた。雨が降りだして練習が中止になったんだと思う。男子たちの輪のなかに、正直の声も交ざってた。

「なあ神崎、お前牧野と仲いいだろ。あいつのこと好きなわけ？」

あたしのことが話題になってる。自然と足が止まり、聞き耳を立ててしまう。

次の瞬間、ぞっとするほど冷たい声がした。

「好きになるわけないだろあんなブス」

わっと笑い声があがり、あたしはその場で硬直する。

男子たちから面と向かって「デブブス」って、容姿をからかわれるのは既《すで》に日常になっていた。気にしていないわけじゃなかったけれど、でも正直がいるから学校に行きたい、そう思って毎日学校に来ていた。なのにあたしを太陽みたいに照らしてくれていた正直本人に、そう思われていたなんて。

サッカー部の男子たちが好き勝手言いだす。

「だよな、俺も牧野はありえねえ」

「あいつ自分で鏡見たことあんのかな」

「顔はどうしようもできねえけど、せめて身体なんとかしろって話」

「それな。いつかあいつの通った床がすっこ抜けんじゃね？」

ぎゃはは、誰かが笑った。あたしは耐えきれず、踵《きびす》を返してその場から逃げた。走りながら両の目からぼろぼろ涙がこぼれた。

その日から、あたしは学校に行けなくなった。

百歩譲って、他の男子に顔や体形を笑われるのはいい。あたしが太ってるのが悪いんだから。でも正直にだけは、あたしを嘲笑《ちょうしょう》する輪に入ってほしくなかった。

そうして、あたしの初恋は想いを伝えることもなく、静かに終わりを告げた。

ダイエットをがんばって、メイクの腕も磨いて、あたしは自分に自信をつけた。正直のことを早く忘れたかったから、アプローチしてくれる男の子を彼氏にした。もうその恋も終わってしまったけれど、「デブブス」とからかわれていたあたしも誰かと付き合えたんだって、その事実は自分の支えになった。

「純晴くんに、かわいいって言われたいな……」

帰宅してベッドの上でごろごろしながら、スマホの画面を見つめてひとり言をつぶやいた。

今でもこんなふうに正直に会うたび、そして悪態をつかれるたび、あたしの心はたやすく曇ってしまう。あたしには常に自分の存在を受け入れ、肯定してくれる彼氏が必要だ。純晴くんがそのポジションについてくれたらいいのに。

よし、絶対に振り向かせてやる。

そう決意してあたしはベッドから起き上がり、机に向かった。もちろんやるのは勉強ではなく、男心を刺激するメイクの研究だ。

第三章　ままならぬ恋に迷子になる

新学期がはじまって、あっという間に二週間が経《た》った。

純晴《じゆんせい》くんは基本的に不愛想だけれど、仲のいい友だちはできたらしく、昼休みの今は中間派の男子グループとお昼ご飯を食べている。ちょっと離れたところで机を寄せ合い、お弁当を食べる佳子《かこ》と沙裕《さゆ》とあたし。佳子が声を抑えて言った。

「柚葉《ゆずは》、その後、どう？　阿久津《あくつ》くんとは進展してる？」

隣で沙裕も気になってますって感じの顔。あたしはため息交じりで答える。

「うーん、まあ、嫌われてはいないっぽいんだけど……」

純晴くんにはなるべく声をかけるようにしてるし、メッセージも送ってる。話しかければちゃんとしゃべってくれるし、メッセージも返してくれるけれど、純晴くんの態度は「接触してくれてるんだから最低限これくらいはしなきゃ」という義務感のようなものが感じられて、相変わらずそっけない。少なくとも、あたしのことを好きだとか気になってるとか、そんな感じは全然ない。

「好きな人を振り向かせるって、どうやったらいいんだろうね？　ただでさえ純晴くんって感情表現が薄いっていうか、はっきり言って不愛想だし。話してはくれるけど、本当はあたしのことうざいとか思ってたりしないかな、とか不安になっちゃう」

「柚葉……」

沙裕が眉を八の字にして、助けを求めるように佳子を見ると、佳子は芯《しん》の通った声で言った。

「阿久津くんが好きなら弱気になってちゃ駄目だよ。あたしが見ているなかでは、柚葉がいちばん阿久津くんに近い女子だと思うし」

「そうかな？」

「そうだって！　ねえ、もっと踏み込んでみなよー。今度遊びに行かない？　て誘ってみるとか」

「な、何それ。そんなの無理だって」

自分から誘うなんて、あまりにもハードルが高すぎる。あたしは恋の駆け引きにはまったく慣れていない。正直《まさなお》には片想いしていただけでバレンタインのチョコすらあげたことなかったし、元彼は向こうからガンガン来る感じだったから、自分は受け身でよかった。

恋愛って、こんなに大変なことだったんだなあ……。

「それくらい積極的になってもいいんだって。柚葉、せっかくかわいいんだからさ。かわいい女の子に迫られて嫌な気分になる男子なんていないでしょ」

お弁当のミートボールをつまみながら佳子が言う。

「そう言われても、遊びに誘うとか無理なんだけど……純晴くん、まだあたしのことなんとも思ってないっぽいし」

「そうやってぼやぼやしてちゃ、他の子にとられちゃうよ？　いいの、柚葉」

「うぐぐ……」

たしかに純晴くんは格好いいし、早くも純晴くんのことを好きだって噂のある女子もいる。話せてるからって安心しちゃいけないんだ。

「そういえば」

ずっと黙っていた沙裕が口を開いた。

「隣のクラスに、西川《にしかわ》さんっているでしょ。めっちゃかわいい子。その西川さんが阿久津くんにコクったんだって」

「えええ⁉」

つい大きい声を出してしまい、あわててはっと口を押さえる。

純晴くんが人気あるのは知ってたけど、既《すで》に隣のクラスにまでライバルがいるとは。しかも西川さんって、学年でも三本の指に入る有名な美人だ。ちょっときつい感じはするけれど、どこにいてもぱっと目立つ感じの子。

沙裕はあたしの反応にくすくす笑ってる。

「柚葉、動揺しちゃって。そんなに気になる？」

「気になるよー！　それで、純晴くんはなんて返事したの⁉」

「大丈夫、ちゃんと断ったみたい。まあ、ほとんど話したこともなかったみたいだからね。そりゃ断るでしょ」

「そっか……よかったああ」

純晴くんに彼女なんてできた日には立ち直れない。でも、話したこともないのに告白しちゃう西川さんもすごいし、あれだけの美人をフる純晴くんもすごい。沙裕がぽん、とあたしの肩を叩く。

「あたしも、柚葉はもっと積極的になったほうがいいと思うよ。西川さん以外にも、阿久津くん狙ってる女子はいるし。好きなら、ちゃんとアピールしないと」

「う、うん、わかった。がんばる」

とはいえ、何をどうやってがんばったらいいのか、ぜんぜんわからないんだけど。

好きになったら負け戦《いくさ》。なんて、よく言ったものだな。

完全にあたしは、恋の迷子だ。


帰りのHR《ホームルーム》が終わり、放課後の解放感に浸《ひた》る教室のなか、純晴くんの動きを観察する。

純晴くんはいつもお弁当を食べている男子たちとちょっと話した後、教室を出ていった。手には、この前図書室で借りた文庫本。

そういえばあれからちょうど二週間経つ。今日はあの本の返却日のはずだ。

「柚葉ー、佳子がこれからカラオケ行こうって言ってるけどどうする？」

沙裕に声をかけられ、あたしはごめん、と顔の前で両手を合わせる。

「今日はパス。あたし、これから図書室行くから」

「図書室？　柚葉、読書なんてするっけ？」

「しないけど、その……純晴くんとの距離を縮めるために」

純晴くんは読書が好き。好きな人の趣味に合わせるっていうのも、ひとつの方法だろう。

本なんてまったく興味ないし、ぎっしり並んだ文字を見ているだけで蕁麻疹《じんましん》が出そうになるくらいだけれど、恋のためならがんばってやる。

沙裕が口元をにやりとさせた。

「そういうことなら、がんばって。佳子にはあたしから言っとくね」

「うん、ありがとう」

あたしは沙裕に手を振って教室を出た。

放課後の図書室は、相変わらず人が少ない。今日も閲覧《えつらん》スペースで本を読んでいる子が数人いるだけ。純晴くんはすぐに見つかった。カウンター越しに、貸出係のつぐみと何やら話し込んでいる。

「自分をいじめてる人間が次々不幸に遭《あ》うっていう展開がよかったな、なんかサスペンスっぽくて」

「わたしもそう思う！　この作者の、他の作品も読んでみる？　これなんかおすすめだよ。人が死ぬ一週間前から、死のにおいを感じる男の子の話なんだけど」

「それ、予知能力みたいなやつ？」

「そうそう！　すっごく切ないラブストーリーなの！」

今にもくっつきそうなほど頭を寄せ合って、話に夢中になっているふたり。入っていく余地もないほどの距離の近さに、胸を針でひと突きされたような痛みを覚えた。

あたしといる時はぜんぜん楽しそうにしてくれないのに、つぐみの前では目に見えて表情が明るくなるんだな。本好きの純晴くんからしたら、本の話ができる相手は貴重ではあるのかもしれないけれど。でもそれにしても、モヤモヤする……。

「あ、ゆずちゃん！」

つぐみがあたしに気づき、純晴くんも顔を上げる。へらへらした笑みを顔に貼りつけながら、あたしはふたりに近づく。

「どうしたの？　ゆずちゃんが図書室なんて、珍しいね」

「うん。ちょっと、読書してみようかなって思って。もうすぐ秋だしさ、読書の秋」

「わあ、図書委員としてはうれしい！　ゆずちゃん、この本読んでみてって言っても、いっつもこんな分厚いの読めないとか言うんだもん。たかだか二〇〇ページちょっとの本でも分厚いって言われたら、すすめられる本ないよ」

ちょっと、つぐみってば、あたしが本嫌いなことを自然にバラしやがって！　純晴くんは本好きなんだから、マイナスになっちゃうじゃん。少しでも純晴くんにいい印象を持ってもらいたいのに。

そこで図書室に司書の先生が入ってきて、つぐみが呼ばれた。

「ごめん、ちょっと図書準備室に行ってくるね。すぐ戻るから」

お邪魔虫のつぐみがいなくなり、カウンターの前にはあたしと純晴くんのふたりきり。やった、チャンスだ！　といっても、例によって話題が思いつかない。ああ、あたしも読書に勤《いそ》しまなきゃ。分厚いだの、蕁麻疹が出るだの言ってられない。恋のためなら蕁麻疹なんてかゆくもないんだから。

「純晴くんって、ファンタジーっぽい本が好きなの？」

とりあえずそう言うと、純晴くんはすぐに言葉を返してきた。

「まあ、好きだよ。ファンタジー以外ももちろん読むけど」

「なんか意外だな、純晴くんはファンタジーより現実と地続きになってる話のほうが好きな気がしたから」

「ファンタジーは現実から離れてるとは限らないぞ。設定がありえないってだけで、書かれているものは人の心の機微《きび》とか、すごく現実的だったりするし」

「なるほど、ね……」

本を読まないあたしにはこれ以上踏み込めない話題だ。まあ、話せてるだけいいんだろうけれど。

そこであたしは、気になってるあのことを訊《き》いてみた。

「ねえ、西川さんにコクられたってほんと？」

純晴くんはきょとんとして、それからああ、と納得したような顔をした。

「そういえばそんな名前だったっけ。コクられたよ、一昨日《おととい》。もちろんすぐに断ったけど。

話したこともなかったし」

「話したこともないからって断るなんて、もったいなくない？　西川さん、美人なのに」

　本当は断ってくれてほっとしたのに、そんなことを言ってしまうあたし。美人？　と純晴くんは眉をひそめる。

「ああいうのが美人っていうのか？　俺には、なんかケバいな、としか思えなかったけど」

「ケバいって……」

　たしかに西川さんは茶色い髪をいつもきれいに巻いていて、メイクもしっかりしている。顔が整ってるのもあって、高校生離れした大人の色気をなんとなく漂わせてる感じ。でも、あの程度でケバいなんて言われちゃうの⁉

「そっか。純晴くんは、もっと清純っぽい女の子が好きなんだ」

　そう言うと、純晴くんはうなずいた。

「あの西川って子は、俺からするとキャバ嬢みたいに見えてさ。俺が好きなのはもっと普通で、真面目そうな感じ。人工的な感じのかわいさじゃなくってさ」

「へえ……」

　普通で真面目《まじめ》そう、という言葉を聞いた後に、なぜかつぐみの顔が浮かんだ。そこで当つぐみが図書準備室から戻ってくる。

「用事終わったよー！　これから本の目録作らなきゃ。忙しいからあんまり相手できないけど、ごめんね」

笑顔でそう言うつぐみはちっともかわいくないのに、純晴くんがつぐみに向ける目はとても穏やかで、ざわざわと心の表面に嫌な波が立った。


その後、純晴くんとの会話は結局ちっとも盛り上がらなかった。純晴くんは小説のコーナーに行ってしまい、三冊借りて、借りる時つぐみとまた本に関する会話を交わしていた。もちろんあたしは蚊帳《かや》の外。なんだか悔しくて、なんとしてでも読書しないとと思ってしまい、純晴くんが借りたのと似たような感じの本をとりあえず二冊借りた。

閲覧コーナーでぺらぺらめくってたら、それだけでやっぱり蕁麻疹が出そう。うう、でも耐えなきゃ。これを読んだら、純晴くんと共通の話題ができる。つぐみみたいな、見た目になんも気を遣《つか》ってない地味な子にとられるなんてぜったい嫌。

地元の駅で電車を降りた後、ドラッグストアに寄った。化粧品と日用品とちょっとした食料品が置いてある、まあまあ大きめのドラッグストア。ヘアカラーのコーナーを探す。

「真面目そうっていったら、やっぱり黒髪だよね……」

髪色戻しを手に取り、パッケージを眺める。正直、黒髪にするのは抵抗があった。校則が服装や髪色にうるさくないのをいいことに、一年の時から染めてたから。もはや茶髪はあたしのアイデンティティとなりつつある。今のマロン色の髪だってけっこう気に入ってるし、根本が伸びてきたら次は何色にしようって、うきうきと考えていたところなのに。

でも、恋の前ならアイデンティティがなんだ。純晴くんに「その髪色、いいじゃん」って言ってもらえるなら、多少のことは我慢してやる。意を決して髪色戻しを籠《かご》に入れようとすると、声をかけられた。

「ゆずちゃん？」

振り返ると、つぐみが立っていた。籠の中には豆腐とひき肉と長葱《ながねぎ》。今日の夕飯は麻婆《マーボー》豆腐《どうふ》だろうか。

「こんなところで何やってるの？」

「つぐみこそ何やってるのよ」

つい、きつい声になってしまう。つぐみは堪《こた》えていないような顔で笑った。

「晩ご飯の買い物。ここ、スーパーよりなんでも安いからさ」

「ふうん」

つぐみのお母さんは小さなスナックを経営している。だからつぐみはいつも、夜はひとり。なんて言うとすごく不幸な子のように思われそうだけど、実際は夕ご飯もお弁当も手作り、他の家事もひととおりやっていて、それに対して別段不満もないらしい。

「ゆずちゃん、黒髪にするの？」

まだ手に持っている髪色戻しに目をやり、つぐみが言う。

「う、うん。まあね」

「どういう風の吹き回し？　ゆずちゃんの茶髪、似合ってるのに」

「いいじゃん別に。たまには黒っていうのも悪くないでしょ」

「もしかして、阿久津くんのせい？」

その名前が出てきてびっくりする。つぐみって案外するどいのかもしれない。

あたしの反応でわかってしまったんだろう、つぐみが「やっぱり」という顔をした。

「読書なんてしたことないゆずちゃんが図書室来るから、なんかあるだろうなって思ってた」

「悪い？　べつにつぐみに迷惑かけてないでしょ」

「いや、ぜんぜん悪くないけど」

つい攻撃的な言い方になってしまって、つぐみが下を向いてもごもご口を動かす。なんだか気に入らない態度だ。

つぐみとは昔から、ほとんど喧嘩になったことがない。何か喧嘩の火種になるようなことがあっても、つぐみは自分が悪くなくても謝るし、引いてしまう。だから今だってつぐみがこんな顔をするのはいつものことなのに、いらっとしてしまう。

つぐみのほうが純晴くんと、楽しそうに話せているからだろうか。

「純晴くん、真面目そうな子が好きだっていうからさ」

「なるほど。好きな人の好みに合わせるなんて、ゆずちゃんもかわいいとこあるんだね」

「何それ、馬鹿にしてる？」

「してないよ。ゆずちゃんのこと、応援してる。前の彼氏、あんまりいい人じゃなかったんでしょ？　でも阿久津くんが相手だったら、わたしも安心」

そう言ってつぐみがにこっと口角を上げた。

一年の頃付き合っていた彼氏のことは、つぐみも知ってる。別れた理由も話した。その時つぐみは「そんな人とはすぐ別れたほうがいいよ」って怒ってたっけ。

あたしのことを思ってそう言ってくれるのはわかる。でもなんだかつぐみの言うことが、すべて上から目線に感じられてしまう。どうしてそんな地味な見た目で、あたしを見下せるのかわからない。

ここのところ、つぐみに対してもやもやしてばっかりだ。

「お前ら、そろってこんなところで買い物？」

正直がひょこっと棚の後ろから顔を出したので、心臓がどくんとひとつ大きく宙返りした。今の会話、聞かれてた？

「あ、まさくん！　まさくんもここで買い物してたの？」

「ああ。母さんから洗剤買ってきてって頼まれて。でもここ、売り場変わった？　洗剤、どこにあるかわかんねえんだけど」

「洗剤ならこっちにあるよ！」

店員さんみたいに、正直を洗剤が置いてある棚に案内するつぐみ。背の低いつぐみと正直が並ぶと、正直の身長の高さがよくわかる。中学の頃より五センチは伸びたんじゃないだろうか。あの時はモテるのになぜか彼女を作らなかったけど、今では彼女ぐらいいてもおかしくない。そう考えるだけで、ひゅんと心に冷たい隙間風《すきまかぜ》が吹く。

いけないいけない。今あたしが好きなのは、純晴くん。

レジに並ぶ時も、すぐ後ろにつぐみと正直がいて、ふたりしてずっとしゃべっていた。違う高校に進んだ共通の知り合いの話題が出てきて、つぐみは楽しそうに笑っている。ドラッグストアを出た時、正直が自分のレジ袋からアイスバーを三つ取り出した。

「これ、セールやってて安いから買った。みんなで食べながら帰ろうぜ」

「わー、まさくんありがとう！」

うれしそうにアイスを受け取るつぐみ。ダイエットを考えればアイスなんてあまり食べたくないけど、これみかん味だし、ほぼシャーベットだし、大丈夫だろう。

「ありがと」

正直の手からアイスを受け取ると、正直は不満そうに口を尖《とが》らせた。

「柚葉もつぐみを見習って、うれしそうな顔しろよ。せっかく買ったのに」

「はいはい、うれしいってば」

そう言ってにーと口角を持ち上げると、なんだよ、と正直は吐き捨てた後、自分の分のアイスバーのパッケージをべりりと剝《む》いた。

みかん味のアイスは、おいしかった。甘さと酸っぱさのバランスがちょうどよくて、喉《のど》から口へとひんやりとした冷風が抜けていくような感じ。少し溶けてきてしゃりしゃりと嚙めるようになると、かき氷みたいな食感がまた楽しい。

ふと、正直にとってあたしとつぐみってなんなのかな、と思ってしまった。たまたまドラッグストアで会ったら、アイスをおごりたくなるような仲。そのままだけど、それがぴったりなような気がする。男女三人の幼馴染《おさななじ》みって少女漫画だったら濃厚な恋愛ドラマが描かれる組み合わせだけど、正直からはそんな邪心は感じられない。

あたしは今でも、正直といると、あたしのことなんとも思ってないんだな、ってふとした瞬間に気づいては、悲しくなるのに。

肩を並べて歩きながらアイスを食べるふたりの背中を見ていたら、ふと幼い頃に意識が飛んだ。

「メリークリスマス‼」

合わさったみんなの声が店内のＢＧＭに溶けていく。いつもはマスターの趣味で古いジャズがかかってるけれど、当時小一だったあたしも知っているクリスマスソングが、ちょうどいいボリュームで流れている。

「早くケーキ！　ケーキ！」

「はいはい、柚葉、ちょっと待っててね」

その日はあたしとつぐみと正直、いつもの三人とその母親たちでのクリスマス会。場所は地元で評判の洋食レストランだ。オムライスもハンバーグもおいしくてお手頃価格、森の中のログハウスみたいなお洒落な外観もかわいくて、この近所の人たちの間ではちょっとした人気スポット。誕生日会とか入学式の後とか、何かおめでたいことがあると、あたしたち三人組はよくここに連れてきてもらっていた。

「おい、柚葉のケーキのほうがでかくね？」

お母さんたちが切り分けてくれたケーキがあたしの前に運ばれてくると、正直が唇を尖らす。この頃から正直は思ったことをそのまま口に出す性格で、学校でもやんちゃ坊主として知られていた。

「えーそんなことないよ、気のせいでしょ」

「いやそんなことない、絶対柚葉のほうが大きい！　俺のと交換しろ！」

「やだよ！　なんであたしが正直とケーキ交換しなきゃいけないのよ」

「ふたりとも、喧嘩しないの」

あたしと正直のお母さんが窘《たしな》めるけれど喧嘩はヒートアップしていく。当時から眼鏡をしていたつぐみが言った。

「まさくん、わたしのケーキと交換しようか」

つぐみのケーキもあたしのケーキも別段正直のものより大きくは見えないけれど、正直は単純なのできらきらと目を輝かす。

「マジで!?　ありがと、つぐみ！　つぐみはやさしいなあ。柚葉も見習えよ。そんなガサツな性格じゃ、将来結婚できないぜ」

「うるさい！」

喧嘩の種は解決しても、なお言い合いを続けるあたしと正直。口では手厳しい言葉を吐いても、心のなかはほかほかしていた。正直と話す時、他の子と話す時にはない温度で心が温まるのを、この頃から気づいていた。それが恋というものだと知るのは、もうちょっと後だったと思うけど。

同じマンションに住む同い年三人組、ずっと一緒にいて、それが当たり前だった。みんなひとりっこなのに、三人きょうだいみたいに育ってきた。やんちゃな正直と、にこにこしててやさしいつぐみと、ちょっと跳ねっ返りなあたし。バランスのいい三人組だった。いつまでも肩を並べていられると思っていたのに、どうして今あたしはふたりの背中を所在なく見つめているんだろう。

食べ終わったアイスでべたべたになった口の周りをティッシュで拭《ぬぐ》いながら、つぐみが言った。

「わたしね、図書館の司書になりたいの」

「へー、つぐみが図書館司書か。どうやってなるの？」

「大学行って勉強して、そのあと何年か働いて、って感じかな。お給料はあんまりもらえないみたいだけど、本が好きなわたしにはぴったりかなって」

「いいじゃん。俺は理学療法士に興味あるんだ、最近」

「理学療法士！　まさくん、すごいね」

「まだ興味あるってだけだぞ」

　あたし抜きで進んでいく会話にもやもやしてしまう。もう高校二年生だから、そろそろ進路を考えないといけないけど、あたしには夢もやりたいこともない。強《し》いて言えば、東京の大学に進んでひとり暮しがしたい。それくらい。ふたりみたいに、ちゃんとした夢じゃない。いつまでも恋愛やおしゃれのことばっかり考えてちゃいけないってわかってるのに、ぜんぜん大人になれない。

「じゃ、またね」

　つぐみは、あたしと正直とは同じマンションでも住んでる棟が違う。あたしと正直がA棟で、つぐみがB棟。自然、エントランスで別れることになる。

「おお、じゃあな」

　正直が手を振ると、つぐみがゆずちゃんもまたねー、とにっこりして言って、あたしはまた、と短く返しただけで歩きだした。

　エレベーターを待っていると、正直が切り出した。

「好きなやつの好みに合わせるとか、柚葉って自分がないんだな。昔はそんなんじゃなかったのに」

言われてる内容よりも、その語気の冷たさにどきりとした。ドラッグストアでの会話、やっぱり聞かれてた。

「何それ、自分があるとかないとか、そんな大事なこと？　好きな人に好きになってもえるなら、自分らしさなんてなくしてもいいじゃん」

挑むように言うと、正直は小さく肩をすくめた。そこでエレベーターがやってきて、あたしたちは乗り込む。

「まぁ、お前の好きにすれば？　あと、うまくいっても毎日のように家に連れ込むなよな、前の男みたく」

「なんで知ってるの、そんなこと」

つぐみには前の彼氏のことは話してるけど、正直にはいっさい話していない。正直が顔をしかめる。

「同じマンションだもん。しかもお前の部屋、俺の真上だからな。親に住まわせてもらってる家に堂々と連れ込むって、柚葉ご近所の目とか気にしないのな。結構噂になってたぜ？」

「そうなの⁉」

初耳だった。正直が苦い顔でうなずく。

「母さんも柚葉ちゃんに彼氏ができたのねーとか言ってたし。あんまりいいこと言ってなかったぞ、いかにも悪そうなやつだったし、すぐ別れそうだねって。ま、実際別れたんだろ？」

「それは。向こうが悪いのよ」

「その言い方だと、あんまりいい別れ方じゃなかったんだな。まああいつ見て、柚葉って男見る目ないんだと思ったよ」

「うるさいわね！」

睨《にら》みつけると、正直はまったく堪えていないというように軽く肩をすくめた。

「まあ髪色でもなんでも好きにすれば？」

そこでエレベーターが五階について、正直が下りていく。ひとりエレベーターに残されたあたしは、ぎゅっと唇を嚙んだ。

「ムカつく……‼」

正直にあんなこと言われるのも嫌だし、前の彼氏――康司《やすじ》のことを知られていたのも気に食わない。ああもう、最低すぎる。

康司は、幸也くんの友だちだった。佳子の彼氏の友だちが「女の子を紹介してほしい」

と言ってきて、カラオケで佳子と沙裕とあたし、幸也くんとその友だち二人と会って、その時知り合った。康司はあたしの隣に座って、あたしの容姿をかわいいと褒《ほ》めちぎり、その場でＩＤを交換した。一週間後にデートしてコクられて、付き合い始めた。

うちの両親が共働きでたびたび遅くなることを知ると、康司はうちに来たがった。高校生の男の子が彼女の家に来るとなれば、やることはひとつ。最初は、うれしかった。これで佳子と沙裕と同じ経験ができる、名実共にふたりと対等になれた。そんな思いがあったから。

でもデートの場所が毎回家になって、そのたびに身体を求められて、それであたしもすぐに気づいた。康司はあたしが好きなんじゃない。かわいくて、そういうことをさせてくれる女の子であれば、誰でもいいんだって。だからあたしは、別れを告げた。康司はなかなか別れに応じてくれなくてしつこかったけど、最後は「もうこれ以上はぜったい会わない」と厳しく拒絶して、ふたりの関係は終わった。

康司と別れたことを報告すると佳子も沙裕もおどろいていたけれど、理由を話すと、ふたりとも怒ってた。「彼女の気持ち考えないでそんなことばっかりする男なんてサイテー」って。今から考えると、本当に最低だ。

ひとりきりの家に帰りつくと自然とため息がこぼれ、正直の言葉が脳裏に蘇《よみがえ》る。

――好きなやつの好みに合わせるとか、柚葉って自分がないいんだな。昔はそんなんじゃなかったのに――

正直に言われたことなんて気にしたくないけれど、考えてしまう。

あたしが黒髪にしてうまいこと純晴くんの気を惹《ひ》けたところで、それはあたしの容姿を気に入った康司との関係と、何が違うんだろう。

いや、余計なことを考えちゃ駄目だ。正直の言葉に重みなんてない。あいつはただ、いつものように、思ってることを言ってるだけ。あんなやつに振り回されちゃ、駄目だ。

制服から部屋着に着替え、ケープでTシャツを覆《おお》う。お風呂場で髪色戻しの二つの液体を混ぜ合わせ、マロン色の髪に塗っていく。鼻が歪《ゆが》みそうな薬品のきついにおいが立ち込め、思わず顔をしかめたくなる。

自分らしさなんて大切にしても仕方ない。それで何か得をするとか、恋に有利になるとか、そんなことないんだから。あたしが大切にしたいのは、純晴くんを振り向かせたいって、この想い。

純晴くんに好きになってもらえるなら、他のものは何もいらない。

箱に書いてある時間どおりに放置してシャワーを浴びると、髪は墨をぶっかけたような真っ黒になっていて、思わず「うげっ」とつぶやいた。

第四章　好きな人の好きな人

黒髪に合わせて、メイクも変えた。

いや、変えた――というより、ほぼしてない、と言ったほうが正しい。ファンデーションを塗って眉毛を整えて、あとはほとんど手付かずの状態。目はそれなりに盛ったけど、リップは塗ってない。

制服の着こなしも真面目《まじめ》っぽく、を意識した。スカートは短くしないで、ソックスも野暮《やぼ》ったいほど長いものを選ぶ。鏡に映った自分を確認すると、「ださっ」と自然とため息みたいな声が漏《も》れた。

こんなことして、本当に意味があるのかって思っちゃう。純晴《じゅんせい》くんがあたしの変化に気づいて「かわいい」と思ってくれなかったら、なんの意味もない。とはいえ、純晴くんを好きな以上、こうやってさりげなくがんばるしかないんだけれど。

ほんとにやんなっちゃうな、片想いって。

「ゆずちゃん、ほんとに黒髪にしたんだね」

朝、駅で会ったつぐみに、開口一番そう言われた。あたしはちょっと得意げに髪の毛をかき上げてみせる。

「どう？　清純派って感じでしょ？」

「うん、たしかに真面目そうに見える。それに今日、全体的になんか違うよね？　スカートもちょっと長いし」

「そうなの！　すべては恋のためよ！」

自分で言って痛々しいな、と笑っちゃうけれど、つぐみはにっこりと微笑んでくれた。

「うまくいくように祈ってるね」

つぐみなんかに祈られなくたって大丈夫だっつーの。そう思ったけど、へへんと笑い返してみせる。

いつものように学校につく前につぐみとは別行動。校舎に吸い込まれていく同じ制服たちのなかに、純晴くんの姿を探す。会ったら自分から声をかけるって決めてた。純晴くんの好みになったあたしを、いやでも純晴くんの視界に入れてやるんだって。

そう思ってたら、ゲタ箱のところで純晴くんに会った。

「おはよう、純晴くん」

声をかけると、純晴くんはちょっとびっくりした顔であたしを見た。純晴くんの視線が頭のてっぺんからつま先まで撫で回すような感じで、ちょっと照れる。

「黒髪にしたのか？」

「うん。どう、似合う？」

「ああ、似合うよ」

純晴くんはそれだけ言うと、さっさと教室のほうに歩いていってしまったので、あたしは呆然とその場に立ち尽くした。

そりゃ、似合うとは言ってくれたけれど。でも、たったそれだけ？　あまりにも反応が弱すぎない⁉

「もううう！　なんなのよおぉぉぉ‼」

あたしは周囲の目も気にせずみっともない声をあげ、黒くなった頭をかきむしった。

昼休み、お弁当を食べ終わると佳子《かこ》と沙裕《さゆ》と一緒にトイレへ行く。用を足すわけじゃなくて、メイクや髪型を直しに行くのだ。鏡の前に陣取り、コスメポーチを出してそれぞれの作業をはじめる。佳子はパウダーでベースを直し、沙裕はビューラーを睫毛《まつげ》に当てている。今日は超ナチュラルメイクのあたしは、することがない。

「柚葉《ゆずは》の黒髪、あたしは似合ってると思うよ」

佳子が頬にパフを押し当てながら言った。

「清純派って感じで、すごくいい。いいイメチェンになったんじゃない？」

「うん……ありがと」

「何よ、反応薄いなあ。褒《ほ》めてるのにー」

「いや、その、純晴くんがさ……」

「かわいいって言ってもらえた？」

今朝のことを思い出すと、また気分がずうんと沈んでいく。告白なんかしなくたってわかる。純晴くんはあたしのこと、なんとも思ってない。

「似合う、とは言ってくれた」

「へえ、よかったじゃん！」

「よくないよ、それだけなんだもん！　せっかく、純晴くんが真面目そうな子がいいって言うから黒髪にしたのに。これじゃあんまりじゃない？」

「阿久津《あくつ》くんは恋愛に疎《うと》いのかもしれないね」

今まで黙ってた沙裕が口を開いた。鏡の中からあたしに目を合わせて続ける。

「阿久津くん、いかにもオクテそうだもん。柚葉も単に好みに合わせるだけじゃなくって、もっとアピールしていかないといけないのかも」

「アピールって？」

「あなたが好きですー、って表現するんだよ」

「表現……まじで？」

この気持ちを純晴くんに知られるなんて、すごく恥ずかしいんだけど。ぱっちり睫毛になった沙裕があたしに向き直り、ぽんと肩を叩く。

「がんばんなって、柚葉。純晴くんが好きなんでしょ？」

「う、うん。それはもちろん」

「だったら押して押して押しまくらなきゃ！　ああいうオクテ男子は、決まって押しには弱いんだから！」

「そ、そうなの？」

「そう！　だから、どんどんアピールしなきゃいけないんだって！」

からっと笑う沙裕の隣で、佳子もうんうんうなずいている。沙裕が自分のメイクポーチからリップを一本取り出した。

「これ、新発売の透明リップ。ほとんど色がつかなくてツヤが出るだけだから、学校で使うにはぴったり。これなら清純派メイクにも使えるでしょ？　これ貸してあげるから、純晴くんにもっとアピールしてみなよ」

「沙裕う……ありがとう」

友だちのやさしさがうれしすぎて、つい目が潤《うる》みそうになってしまう。うるうるのあたしの目を見て、沙裕が大げさだって、と笑った。

さっそく沙裕から借りたリップを塗ってみた。つやつやになった唇は、薄いのに肉感的な魅力が出て、少しだけ自信がみなぎってくるのを感じた。


今日も放課後、あたしは図書室へ行く。佳子と沙裕はがんばってね、と笑顔で送り出してくれた。

アピール、好きな気持ちを表現、って言われても、正直何をしていいのかさっぱりわからない。初恋だった正直《まさなお》に対してはそんなことしたことなかったし、康司《やすじ》の時は向こうからぐいぐい来たからこちらが好きかどうかをちゃんと確認することもないまま、付き合ってた。見た目だけがんばってかわいくなっても、中身は恋愛偏差値低すぎなブスのままのあたし。

それでも、純晴くんに好かれたい。

意を決して図書室の扉を開けると、カウンター越しに話す純晴くんとつぐみの姿が目に飛び込んできた。

「阿久津くんって、読むのほんと早いよね？　一冊読むのにどれくらいかかるの？」

「だいたい二日か三日くらいかな」

「そんなに!?　じゃあ、これは読めるかな。上下巻の大作だよ。わたしも読むのに二週間くらいかかっちゃった」

「じゃあ俺は一週間で読んでやる」

「あはは、競走みたいだねー！」

男子とあまり話さないつぐみが純晴くん相手にすっかり打ち解けていて、いつも不愛想な純晴くんもつぐみに笑みを向けている。あたしが見たことのない眩《まぶ》しいその笑顔に、ものすごく嫌な感じがした。ずきんと胸ににぶい痛みが広がっていく。

このふたりの距離感は、ただの本好き同士のものには思えない。もっと親密な、親しい男女の——たとえばこれから恋がはじまりそうな、そんな予感に満ちた甘やかなものが感じられる。ふたりの視線が絡《から》まり合うその様子が、手をつないでいるように見えた。

なんでかわいくなろうと必死なあたしが純晴くんにちっとも好かれなくて、なんの努力もしないつぐみが、純晴くんにこんなに近づいてるんだろう。

「あ、ゆずちゃん」

扉のところで佇《たたず》んでいたあたしにつぐみが気づき、純晴くんもこちらを振り返る。あたしを見るその目と、つぐみを見ていたあの目は、ぜんぜん違う。

まさかこれって、そういうこと……？

「ゆずちゃん、そんなところでぼうっとしてないで、こっちおいでよー！」

つぐみが手招きして、あたしも顔にへらへらした笑みを貼りつけてカウンターに歩み寄る。純晴くんのすぐ隣にいられるのは喜ぶべきなのに、今はちっとも気持ちが浮き立たない。

「牧野《まきの》ってそんなに本好きだったの？」

純晴くんが不思議そうに言った。牧野。あたしは距離を縮めたくて下の名前呼びなのに、純晴くんはあたしを柚葉とは呼んでくれない。

「うーん、今までは興味なかったんだけど。これからちょっと読んでみるのもいいかなって。もう高校生なのに、いつまでも漫画ばっか読んでるのもねー」

「ふうん」

純晴くんは興味なさそうな相槌《あいづち》を打つだけ。実際、あたしのことに興味なんてないんだろう。胸がしくしくと痛む。

「あのね、ゆずちゃん！　阿久津くんって、中学の時、読書感想文で賞獲《と》ったんだって」

「そうなの!?」

おどろくあたしの前で、つぐみがカウンターの奥からがさごそと一冊の冊子《さっし》を取り出してきた。隣で純晴くんがあからさまに照れた顔をしている。

「よせよ江川《えがわ》。そうやって冊子になってるのだって、ほんとはやめてほしいくらいなんだから」

「いいじゃない。自分の文章が評価されるなんてすごいことでしょ？」

つぐみがページをぺらぺらめくって、純晴くんの読書感想文が載《の》っているところを出してくれた。

本当にすごいことだ。作文が苦手で原稿用紙一枚埋めるのに何時間もかかってしまうあたしからしたら、賞を獲るなんてまさに異次元。純晴くんは本が好きなだけじゃなくて、文才もあるんだろう。

「読んでいい？」

純晴くんがあまりに嫌そうな顔をするのでおそるおそる尋《たず》ねると、純晴くんはそっけなく「いいよ」と言った。

本の内容は読んだことないからぜんぜんわからないけれど、それでも間違いなくいい文章だっていうのはあたしにもわかった。読みやすいし、難しい言葉を使っていないのに、それでも読む人の心に訴えかけるものがある。全部読み終わって、あたしは、はあっとため息をこぼして冊子を閉じた。

「……すごいね」

「でしょ？　ゆずちゃんもわかるでしょ？　阿久津くんはすごいんだよー！」

自分のことのように自慢するつぐみの前で、純晴くんは顔を赤くしている。

「江川さあ、このこと他のやつに言うなよ？　選ばれた時もすごい恥ずかしかったんだから」

「でももう、ゆずちゃんには言っちゃったよ？」

「それはしょうがないけど。でもこれ以上広めるなってこと」

口ではそう言ってるけど、つぐみがこのこと知ってるのって、純晴くんがつぐみに中学生の時、読書感想文の賞獲ったって話をした以外には考えられない。つまり純晴くんは、つぐみに他のひとには知られたくないことを打ち明けるぐらいには心を開いているってことだ。

悪い予感が胸のなかでむくむくふくらんで真っ黒な塊《かたまり》になる。

「江川はさ、今まで読んだなかでいちばん印象に残った本って何？」

そう言う純晴くんの目は、まっすぐつぐみを見ている。その瞳に妙な熱っぽさを感じて、真っ黒い塊がぐつぐつお腹《なか》のなかで沸騰する。

「うーん、なんだろ？　気に入ってるのはたくさんあるけど、いちばんっていうと。やっぱり小学校の時読んだあれかなあ……」

つぐみがカウンターの奥で本をごそごそ探す後ろ姿を、純晴くんはやっぱり熱っぽい目で見つめていた。

嘘だって、違うって、誰か言って。ううん、誰かじゃなくて純晴くん、言ってよ。

つぐみのことなんか好きじゃないって。


図書室の閉館時間まで、ずっと三人で話していた。三人で、といっても会話はほとんどつぐみと純晴くんの間で交わされていて、あたしはときどき相槌を打つだけ。傍《はた》から見れば、あたしはただのお邪魔虫だろう。

「江川、この後一緒に帰んない？」

純晴くんがつぐみに声をかける。言い方はぶっきらぼうなのに、声の温度みたいなものがどことなくやさしい。それに一緒に帰りたいって、つまりつぐみともっと一緒にいたいってことで。嫌な予感がどんどん本物になっていく。

「ごめん、ちょっとこの後片付けあるから。また今度ね」

笑顔でつぐみは言った。あたしの気持ちを知ってるんだから、二人きりにさせようとしてくれているんだ。純晴くんが少し残念そうな表情を浮かべる。

よそよそしい距離を空けて、純晴くんとゲタ箱を出る。この時間になると校舎に残ってる人は少なくて、駅までの道もがらんとしていた。日がだいぶ短くなって、西の空に夕焼けのオレンジと夜の闇が混ざり合っている。沈黙が、痛い。何かしゃべらなきゃと思うのに、嫌な予感や黒い塊が邪魔して、なかなか言葉が出てこない。

「牧野ってなんで、江川と仲いいの？」

純晴くんがぽつんと言った。端整な横顔が西日にぼうっと照らされて、彫刻みたいにきれい。思わず目を奪われそうになるけれど、純晴くんの口からつぐみの名前が出てきたことに、胸がちくんと疼《うず》く。つぐみはここにいないのに、純晴くんはつぐみのことを考えている。

「同じ中学……ていうか、幼馴染《おさななじ》みだから、つぐみとは」

「へえ。いや、江川って、牧野がふだんつるんでるやつとはタイプ違うな、と思って」

佳子や沙裕のことを言ってるのだろう。たしかに見た目も中身も真面目なつぐみとあたしとじゃ、誰も接点があるなんて思わないはずだ。

「江川って昔からあんな本好きなの？」

「うん。小学校から図書委員やってた」

「そうなんだ。彼氏とかいるのかな」

その言葉がもう、決定打だった。

こわいけれど確認せずにはいられなくて、あたしはゆっくり問いかける。

「ねえ、もしかして純晴くんって、つぐみのこと好き……？」

西日に照らされて赤くなっていた純晴くんの頰に、西日とはあきらかに違う赤みが広がっていった。

それはもう答えと同じで、その場から泣いて逃げ出したいのをぐっと堪《こら》えた。

なんで。なんであたしじゃなくてつぐみなの？

まだ、西川《にしかわ》さんとかあたしじゃ太刀打《たちう》ちできない美人にとられるなら納得できる。それでも嫌だけど。でも、真面目なだけが取り柄でなんの面白味もない、男子を惹《ひ》きつける魅力なんてまったく持ってない、地味なつぐみに負けるなんて。

何も言えないでいるあたしに、純晴くんが照れているのか、かすかに震える声で言った。

「江川に、言うなよ」

「大丈夫、言わない」

かろやかに、そう言うのがせいいっぱいだった。

駅についたところで、あたしはトイレに行くと言って純晴くんと別れた。駅のトイレの個室に入った途端涙が込み上げてきて、隣の個室に泣き声が聞こえてしまうと思ったけど、嗚咽《おえつ》を抑えられなかった。

あたしの片想いは、こうしてあっけなく幕を閉じた。

第五章　黒い気持ちが渦を巻く

三日間、学校を休んだ。

風邪をひいたと言って部屋に引きこもったけど、お母さんには仮病《けびょう》だということはばれていて、「誰が学費払ってると思ってるの！　何があったか知らないけれど、さっさと学校に行きなさい！」と怒鳴られた。うちのお母さんはこういう時、どうしたの、と言ってくれるタイプの親じゃない。

ほんとは、もう二度と学校なんて行きたくない。甲羅《こうら》にもぐる亀みたいに、死ぬまでずっとこの部屋で引きこもっていたい。つぐみのことを熱っぽい視線で見つめる純晴《じゅんせい》くんを、二度と見たくない。

でもそんなわけにもいかなくて、土曜日の朝、顔を洗うために三日ぶりに部屋を出た。

洗面台の鏡に映ったあたしの顔は、三日前よりしぼんでいた。食欲がなくてほとんどご飯を食べていなかったからだろう。健康的な痩《や》せ方にはほど遠く、顔色がどす黒い。泣きすぎて目が腫《は》れて隈《くま》もできている。頰に触ってみると、お肌は砂漠のごとくカサカサだった。

失恋してブサイクになるとか、最悪。

気分を切り替えるため、美容院を予約した。時間が近づいて、外に出る支度《したく》をする。今日は学校じゃないから、いつもよりしっかりメイクで盛りたい。どす黒い顔色をコントロールカラーで調整して、ファンデーションをきっちり塗った。隈はコンシーラで隠し、コーラルピンクのチークで血色感《けつしょくかん》を足す。目はラメ入りピンクのシャドウで彩り、カールキープ効果のあるマスカラを二度塗り。唇をティントで仕上げると、かなり気合いの入った顔になった。こんなにかわいくなったのに、デートじゃないところが悲しい。

佳子《かこ》と沙裕《さゆ》と一緒に遊んだ時に買った秋物のワンピースを着て、髪はこれから切るから適当に結んだ。もう何の意味もなくなった黒髪は、真面目《まじめ》そうでも清純そうでもなく、ただひたすらダサくて重いだけにしか見えなかった。

「今日はよろしくお願いします」

はじめて入った美容院で担当してくれた美容師さんは、二十歳《はたち》をふたつかみっつ過ぎたくらいの、まだ若い女の人だった。くるんとカールさせた茶色い髪がふわふわしていて、やさしそうな人だ。

「今日はどんな感じにされますか？」

渡されたヘアカタログをめくり、一点を指差す。

「これくらい短くしてください」

「えーとこれだと、十五センチくらい切りますけれど。いいんですか、こんなに切っちゃって」

「はい、バッサリいってください」

本当は、沙裕みたいなつやつやのロングヘアに憧《あこが》れて伸ばしてた。ひょっとしたら純晴くんはロングが好きかもしれないけれど、今となっちゃ何の意味もない。

失恋して髪を切るなんて、ベタすぎて笑っちゃうけど。

「あと、色はこの、ピンクベージュってやつに」

「高校生さんですよね？　大丈夫ですか、染めちゃって」

「いいんです。うちの学校、髪色あんま厳しくないんで」

「わかりました。じゃあ、最初にカットからやっちゃいますね」

ちょきちょき、髪の束が少しずつ切り取られていく。しっかりメイクしたけれど、こうやってケープをかけられて鏡と向き合うと、あたしってブサイクだな。シェーディングしたのに、顔の大きさがはっきりわかっちゃって、ぜんぜんかわいくない。つぐみとどっこいどっこいかも。そりゃ、純晴くんを振り向かせられないはずだ。

「これだけ切るなんて、大胆なイメチェンですね」

美容師さんがやさしく言うので、話してしまいたくなった。ここで何もかも全部ぶちまけたって、この人が誰かにしゃべったとしたって、どうせこの後また来ることもない美容院。あたしにはなんの関係もない。

「好きな人の好みに合わせたくて、黒髪にしたんです」

「へえ、そうなんですね」

ちょきちょき、鋏《はさみ》を動かしながら、美容師さんが答える。言葉にしてしまうと、すごく陳腐《ちんぷ》に聞こえた。純晴くんはあたしのことなんてまったく見てなかったのに、何やってたんだろう。

「好きな人が真面目そうな子が好きって言うから、スカートも長くして、メイクもほとんどしないで学校に行ってました」

「それでどうなったんですか？」

「その人が好きなのは、あたしの友だちだったんです」

「それは……つらいですね」

美容師さんが一瞬声をつまらせた。でも、鋏はしっかり動かしたまま。あたしの頭はどんどん軽くなっていく。

「振り向いてほしかったのに、黒髪にしたのに、ほんとは茶髪のままにしときたかったのに。なんの意味もなかったんです……」

　言いながら、もうとっくに全部身体から出ていったと思っていた涙が溢れてくる。こんなところで泣きたくないのに、美容師さんだって困るだろうに。涙がどんどん出てきて止まらない。純晴くんの気持ちがつぐみにあって悲しいのと、つぐみなんかに純晴くんをとられたのが悔しいのと、ふたつの気持ちが混ざり合ってとぐろになって、ぼたぼた涙が出る。

「ちょっと、中断しましょうか」

　美容師さんは鋏を握る手を一旦止めて、あったかいレモンティーを持ってきてくれた。甘くてちょっと酸っぱい液体が身体のなかに染《し》みていくと、お腹《なか》のなかでとぐろになっていた気持ちが少し薄まっていくような気がした。

「もう大丈夫ですか？」

「……大丈夫です、ごめんなさい」

　美容師さんは空《から》のカップを受け取ると、にっこり笑った。

「こうなったら、とびきりかわいくしちゃいましょう。そのフッた男の子が、これだけきれいだったんだ、って後悔するくらい」

　月並みな言葉に、つられてあたしの口元が緩《ゆる》む。

　それから二時間が経《た》って、鏡の中には長めのボブを明るいピンクベージュにした、すっかり垢《あか》ぬけたあたしがいた。ちっとも真面目そうでも清純そうでもなく、どちらかというとスレた感じに見えたけれど、これこそが本来のあたしだな、と妙に納得がいった。

「如何《いかが》ですか？」

　美容師さんに訊《き》かれて、あたしは言った。

「ばっちりです」


「ゆーずーはー！　学校来てくれてよかったあ。急に三日も休むから、沙裕と心配しまくってたよぉ」

　月曜日学校に行くと、佳子が飛びついてきた。ぎゅうぎゅう抱きしめてきて、ちょっと苦しい。佳子の後ろで沙裕が目を見開いている。

「柚葉《ゆずは》、どうしたのその頭。短くなってるし、色もめちゃくちゃ明るい」

「ほんとだ、それ、ピンク系？　すごい似合うー！」

「清純派になって阿久津《あくつ》くんを振り向かせる計画はどうなった？」

「それが……」

あたしはゆっくり佳子の身体を離すと、先週起こったことをぽつぽつとふたりに報告した。佳子と沙裕はいつになく真剣にあたしの話に耳を傾けてくれて、まだ話すとつらい気持ちがぶわっと湧き上がってきてしまうのに、ちゃんと冷静に話せた。話し終わると、佳子がぽんぽん、とあたしの頭を撫でてくれる。

「そっか、柚葉、つらかったね」

「うん……」

「もう、その江川《えがわ》つぐみとかいう女なんなのよー！　柚葉がこんなにがんばってるのに！」

「ていうかその子、誰？」

沙裕が不思議そうに言う。つぐみみたいな地味な子と友だちだって思われたくないから、佳子と沙裕につぐみのことを話したことはない。

「話からすると、幼馴染《おさななじ》みなんだよね？　そんな子と仲いいなんて、はじめて知った」

「ほんとそう。ね、その子かわいいの？」

「写真あるけど、見る？」

スマホの画像フォルダからつぐみが写っているものを探して見せる。中学時代のあたしの写真はふたりには見られたくないから、つぐみと遊びに行った時に撮った、つぐみがひとりで写っているものにした。笑顔でつぐみがクレープ片手にピースサインしている画像だ。

「なんだ、ぜんぜんかわいくないじゃん」

沙裕がばっさり言って、佳子ものっかる。

「ほんと！　柚葉のほうがずっとかわいい！　阿久津くん、なんでこんな子に惚《ほ》れちゃったの？」

「それはあたしにもわからない……つぐみも純晴くんも本好きだから、本の話してるうちに意気投合しちゃったとか、そんなところじゃないかな」

「何それ。なんかずるいよ、その女」

沙裕が自分のことみたいに不機嫌になり、カバンからお菓子のパッケージを取り出した。食べていいよと言われたので三人で食べていると、沙裕が急に真面目な表情であたしの顔を覗《のぞ》き込む。

「それで、柚葉はあきらめられるの？」

「それは……」

口の中にお菓子が入っているので、声がもごもごしてしまう。胸のなかの黒い感情が、またぐるぐる不穏に回り出す。

純晴くんはつぐみのことが好き。それがわかってしまった以上、あたしには万が一にも勝ち目はない。でも、だからってこの気持ちにきっぱりあきらめがつくかっていったら、別だ。どれだけ可能性がなくても、相手の気持ちが自分にないとわかっていても、みっともなく想ってしまうのが恋というもの。

「そりゃ、今すぐ好きじゃなくなれるかっていったら、無理だよ」

正直に言った。沙裕が続きを目で促《うなが》している。

「純晴くんのことはほんとに好きだし、今でも好きだし、どうにかできないかって思っちゃう。でも、普通に考えて無理じゃない？　他に好きな人いるなんて、かなりハードル高いと思う。やっぱりあきらめるしか……」

「あたしだったら、そんなにかんたんにあきらめられないな」

沙裕がいつになく怖い顔をしている。何を考えてるのかわからなくて、ちょっとおそるおそる訊いた。

「あきらめられないって、じゃあ沙裕だったらどうするの？」

「たとえば。あくまでたとえばだけど、その子の悪い噂流すとかね。阿久津くんが幻滅するようなさ」

「悪い噂って？」

佳子がお菓子をもぐもぐしながら言う。沙裕はちょっと考えた後言った。

「たとえば、パパ活してるとか、教師と付き合ってるとか？」

「何それー！　あの見た目だよ？　そんなことするなんてありえなくない？」

「佳子はわかってないなあ。ああいう真面目で清純そうな子が、しれっと悪いことするんだよ。おじさんはスレてない清純女子好きだから」

沙裕がいつもの顔に戻って笑ってる。今言ったことは軽い冗談だったんだろう。

あたしは頭の中で、つぐみの隣にしょぼくれた中年男性が立っている姿を思い浮かべた。つぐみはメスの顔になって、ほんのり頬を上気させながらその腕に自分の腕を絡《から》めている。ひとつの影になって、夜の街を歩くふたり。

その光景をあたしが写真に収める。

それを見た純晴くんの血相が変わる。最初は悲しそうに顔を歪《ゆが》めて、それから軽蔑《けいべつ》した表情になる。その後つぐみが純晴くんに声をかけても、純晴くんは汚いものを見る目でつぐみをひと撫でするだけ。

「お前がそんなやつだと思わなかった」――とでも言いたげに。

「ちょっと柚葉、なんて顔してるのよ」

沙裕に言われて我に返った。沙裕があわてている。隣で佳子も心配そうにしていた。

「なんて顔って……あたし、どんな顔してた？」

「すっごい悪い顔してたよ。マンガやドラマに出てくる悪人みたいな……ちょっと笑ってたし」

「そ、か」

たしかに悪いかもしれない。つぐみを貶《おと》めて純晴くんの気持ちを削《そ》ぐなんて、最悪だろう。でも別に犯罪ってわけじゃないし、そんなことで冷めるなら純晴くんの想いはその程度だってこと。

「変なこと考えないでよね、さっきの、あくまで冗談なんだから」

「わかってるよ」

釘を刺すような沙裕の言葉に、へらっと笑ってみせた。


いつもと同じ一日が、あっという間に過ぎていった。

同じ教室のなかにいる純晴くんとは一度も話していないし、それどころか目が合うことすらなかった。純晴くんは昼休みも教室移動の時も仲のいい友だちと一緒にいて、あたしが話しかける隙《すき》はない。話しかけたところで、何になるのって話だけど。

授業中はずっと上《うわ》の空で、どうしたら純晴くんのつぐみへの気持ちを削げるか考えていた。つぐみが何をしたら、純晴くんは幻滅する？　現実的に考えてパパ活とか教師と付き合うとか、仮にそんな噂を流したとしてもすぐ噂の出どころがあたしだってバレそうだ。そもそも純晴くんが信じるわけないし。もっと効果的で、かつあたしが関わってるってバレない戦略って、何があるだろう。

「柚葉ー、今日は三人でアイス食べに行かない？」

放課後になると佳子が話しかけてきた。学校の近くにあるショッピングモールのアイスクリーム屋さんのことだろう。

「柚葉が休んでる時、沙裕とふたりで話してたんだ。柚葉が復活したら、三人で行こうって」

「ごめん、今日はパス」

胸の前で手を合わせて言うと、佳子が耳元に口を寄せてくる。

「もしかして、図書室？」

「そのもしかして」

佳子が眉を寄せ、何度か目を瞬《しばた》かせる。

「何か作戦とかあるの？」

「特にないけど。ふたりきりで盛り上がってるの、そのままにしておきたくないじゃん」

「なるほど。わかった、沙裕には伝えとく」

「ごめん。また、今度行こうね」

図書室に向かう間、廊下を行く人が何人かこちらを振り返った。ピンクベージュの髪はなかなか目立つ。

純晴くんはこの髪、どう思ってるのかな。似合うでも似合わないでも、チャラチャラしてて好みじゃないでも、何か感想が欲しい。いや、無理か。純晴くんはあたしにまったく興味ないんだから。考えたらまた、悲しくなってくる。

図書室は今日も純晴くんとつぐみの貸し切り状態で、ふたりはカウンターを挟んで向かい合ってた。

「江川がおすすめしてくれたこの本、すごい面白かったぞ。サスペンス的な展開に引き込まれて。最後も思ってたのと違う展開でびっくりしたし」

「ほんと？　よかったあ。実はその本におすすめPOP書かなきゃいけないんだけど、何書けばいいのか迷ってて。阿久津くんだったらなんて書く？」

相変わらず濃ゆい、本好き同士の会話。純晴くんがつぐみのことを好きだって知ってるから、純晴くんのつぐみを見る目にハートマークが見えそうだ。そのことに怖気《おじけ》づきそうになるけれど、あたしは笑顔を作ってふたりに近づく。

「よっ、おふたりとも」

つぐみがあたしを見て、それから純晴くんがあたしを見て、つぐみがびっくりした声を出した。

「ちょっとゆずちゃん、どうしちゃったのその頭⁉　ずいぶん短くなってるし、色だって」

「えへへ。ちょっとイメチェンしてみたの。どう？」

「どう？　って……似合うけど、でもゆずちゃん……」

つぐみはあたしが純晴くんの好みに合わせて黒髪にしたって知ってる。でもそれを純晴くんの前で言うわけにはいかないから、口をもごもごとさせた。

「いいんじゃねえの？　牧野《まきの》っぽくて」

純晴くんが言った。たったそれだけで、ぽっと心の奥が温かくなる。好かれなくても、こうしてちょっとだけ純晴くんに肯定してもらえるだけで、救われたような気になってしまう。

「あたしっぽいかな。ありがとう」

「江川も髪型変えたりしねえの？　いっつも三つ編みじゃん」

純晴くんの言うとおり、つぐみはいつも長い黒髪を三つ編みにしたスタイルだ。眼鏡と相まって昔の漫画に出てくる委員長みたいに見える。はっきり言ってすごくダサいのに、つぐみは一度も髪型を変えたことがない。

「わたしは……ゆずちゃんみたいに、かわいい髪型は似合わないから」

そう言ってへにゃっと笑うつぐみをぶん殴りたくなった。

自分のことを下げてるつもりなんだろうけど、その実純晴くんに好かれているのはつぐみ。もしかしたらつぐみもそのことをわかっていて、ひとりで勝手に空回りしているあたしを笑っているのかもしれない。

こんな子、ぜったい許せない。


閉館時間になり、カウンターのなかで片付けをしているつぐみに声をかけた。

「たまには三人で、一緒に帰らない？」

つぐみが一瞬、表情をこわばらせる。また、あたしと純晴くんをふたりきりにしてあげようと思ったのかもしれない。

「え、でも……」

「いいじゃん、一緒に帰ろうぜ。俺と牧野、待ってるから」

純晴くんが言った。彼なりに、せいいっぱいの勇気を出したのだろう。白い頬がちょっとだけ赤くなっている。

つぐみはそのことに気づいているのかいないのか、迷うような間《ま》の後、にっこりした。

「じゃあ、ちょっと待っててね。あまり時間はかからないと思うから」

つぐみを待ってる間、純晴くんは借りた本に夢中で、あたしのほうは見ようともしなかった。痛くて気まずい沈黙が漂い、あたしはひたすらスマホをいじる。まったく興味ないニュースサイトをスクロールしながら、胸のなかでつぐみへの憎しみがふくらんでいく。

許せない許せない許せない許せない許せない。

つぐみを地獄に叩き落とせたら。

「お待たせー」

カバン片手に図書準備室から出てきたつぐみの隣を、当たり前のように歩く純晴くん。ふたりの後ろを歩くあたしは、やっぱり完全なお邪魔虫だ。

「阿久津くんは部活とか委員会とか、何もやってないの？」

「やってないけど、なんで？」

「よかったら図書委員会入ってくれないかなって。今人手不足だから」

つぐみがとんでもないことを言いだした。純晴くんが図書委員になったりしたら、いよいよ放課後は毎日ふたりでいちゃつくことになるだろう。

「ねえ、コンビニ行かない？　喉渇《のどかわ》いちゃった」

あわててふたりの間に割って入り、話題を変える。純晴くんが軽く目を見開いた。

「コンビニって、学校の近くにあるあそこ？」

「そうそう！　みんなで行こうよ」

「いいね、行こう」

つぐみが同意してくれて、ほっと胸を撫で下ろす。純晴くんが図書委員になるって話はふたりとも忘れてくれたみたい。

学校の近くのコンビニは、部活の後にここでアイスやホットスナックを買って食べる生徒が多いので、中には同じ制服の子が何人かいた。純晴くんとつぐみはまっすぐ飲み物のコーナーへ向かっていく。

「俺さ、炭酸だめなんだよね。口の中がシュワシュワするあの感じが」

「わかる。わたしも苦手」

「だよな。あんなの、いったい誰が考えたんだろうな」

なんてことないふたりの会話を聞きながら、気づいてしまった。

あとつぐみが三歩行けば、ちょうど防犯カメラの死角に入る。

真面目なだけが取り柄の図書委員のつぐみが、悪いことをするなんて誰も信じないだろう。

でも、動かぬ証拠があったら、つぐみだって言い逃れはできないのでは。

「わたし、甘い飲み物も苦手でね。お茶ばっかり飲んでるんだ」

純晴くんの隣で笑顔を輝かせているつぐみを見ていたら、気持ちが定まった。

あたしがやろうとしていることは、きっと誰も肯定してくれない。

でも、このままふたりが結ばれるのを、黙って見ていたくなんかない。

あたしは棚の文房具コーナーからシャープペンの芯《しん》を手に取ると、つぐみのカバンの外ポケットに入れた。店員さんが気づくように、わざとパッケージの端っこだけ見えるようにして。

「百二十八円になります」

つぐみも、もちろん純晴くんも、あたしの行動に気づきはせず、レジに並ぶ。ひとりだけ違う行動をとってると怪《あや》しまれると思って、あたしも飲み物を買った。普段なら絶対飲まないブラックコーヒーだ。

「ゆずちゃん、コーヒーなんて飲むんだね」

コンビニを出たところでつぐみが話しかけてくる。

「飲むよ。甘いコーヒーはミルクや砂糖が入ってて、すごくカロリーが高いから」

「ゆずちゃんはほんと、美意識高いなあ」

つぐみがそう言ってペットボトルのお茶のキャップを開けようとしたその時だった。

「ちょっといいかな。一個、レジ通してない商品があるよね」

声をかけてきたのはコンビニの制服を着た、五十代くらいの男の人だった。たぶん店長さんだろう。さっき、隣のレジにいたのを覚えている。

「え？　わたしが買ったのこのお茶だけですし、ちゃんとレジ通しましたけど」

声に動揺の色を隠せないつぐみ。店長さんが閻魔《えんま》様みたいな怖い顔になる。

「とぼけたって無駄だよ。そのカバンの外ポケットに、入ってるだろう」

つぐみがカバンの外ポケットに手をやり、そこから出てきたものを見て、真っ青になった。隣で純晴くんも青ざめてる。

「ち、違います！　わたしこんなの知りません！　断じて万引きなんて……」

「言い訳は中でしてもらうからね」

店長さんがぐいとつぐみの腕を握り、そのまま引っ張っていく。つぐみが泣きだしそうな表情であたしを見るのを冷たく無視した。

「待ってください」

つぐみの反対の腕を純晴くんが摑んだ。まっすぐに店長さんを見て続ける。

「俺が店に入った時からずっと一緒にいたけど、そんなことしてません。信じてください」

「信じろも何も、このシャープペンの芯が動かぬ証拠じゃないか」

「ほんとに違うんです！　わたしは何もしてません！　ねえ、ゆずちゃんもなんか言って？」

縋《すが》るようなその目を軽蔑の視線で睨《にら》み返すと、つぐみの顔に絶望が広がっていく。

「この子、小さい時からいつもこうなんですよ」

自分でもびっくりするほど冷たい声が出た。つぐみが声を詰まらせ、あたしの口から嘘がすらすらと出ていく。

「平気で人のもの盗むし、ほんと手癖《てくせ》悪くて。万引きだってはじめてじゃないです。高校生になってさすがにもうしないと思ってたけど、直ってなかったんですね」

「ゆずちゃん……」

つぐみの目が涙でふくらむ。そんな顔をされてもいい気味だ、としか思わなかった。

これをきっかけに、万引き女として純晴くんに幻滅されてしまえ。

あんたなんかが純晴くんの彼女になるなんて、認めない。

「警察でもなんでも呼んでください。そうしないとこの子、反省しないんで」

つぐみがそっと下を向く。その頬を涙がひと筋伝っていった。

あたしに庇《かば》ってもらえなかったのがよほどショックだったのか、あの後つぐみは抵抗をやめ、店長さんに連れられていった。あたしと純晴くんはコンビニのすぐ横の公園にいた。よそよそしい距離を空けてベンチに座り、あたしはさっき買ったブラックコーヒーを、純晴くんはレモンティーを飲んでいる。広場でサッカーで遊んでいる子どもたちの歓声がこっちまで聞こえていた。

「つぐみってほんと、昔からあんなことばっかりするの。幼稚園の時だったかな。あたし、クマの人形盗まれたんだよね」

さっきから黙り込んでいる純晴くんに嘘で塗り固めたエピソードを話す。純晴くんは何も言ってくれない。

「そん時つぐみ、さんざん怒られたのにさあ。それからもちっとも懲《こ》りないんだ。コンビニで万引きしたのもはじめてじゃない。小三の時、パン屋さんでパン盗んだこともあったし」

「なんで嘘つくの？」

やっと口を開いたと思ったら、そんなことを言われた。純晴くんのあたしを見る目の冷たさに気づいて、喉の奥がつぶれそうになった。

「俺は江川がそんなことする子だとはどうしても思えないんだけど」

「それは。純晴くんが騙《だま》されてるから。つぐみは自分をいい子に見せる天才なの。見た目だって狙ってああいう真面目な感じを装《よそお》ってるけど、ほんとはむちゃくちゃ性格悪くて」

「もうやめろよ。みっともないよ、あんた」

柚葉でも牧野でもなく、あんた、と言われた。

はっきりと嫌われたことに気づいて、それ以上言葉が出てこない。

「江川、言ってたぞ。あんたは最高の幼馴染みで、親友だって」

純晴くんがベンチから立ち上がり、ゆっくりとあたしに背を向ける。

「心底軽蔑したよ」

足の下にぽっかりと黒い穴があいて、吸い込まれていくような絶望に落ちた。

純晴くんはつぐみを信じきっていて、あたしの言葉は届かない。

純晴くんは本当はあたしがやったって知ってるんだろう。それを直接問いただしてこないのが、あたしに対するはっきりとした拒絶に思えた。

「コンビニ戻る」

純晴くんはそう言い残して歩きだし、公園を去った。

ひとり残されたあたしはベンチの上で呆けたまま、声も出さずにぼろぼろ泣いた。少し遠くで、子どもたちのサッカーはまだ続いていた。

第六章 「かわいい」よりも大切なこと

　秋の短い日はあっという間に暮れていって公園は真っ暗になり、あれだけうるさかった子どもたちも帰ってしまって、いつのまにかあたりは静かになっていた。乾いた風が駆け抜けていき、短くなったあたしの髪をかき上げる。

「あの……どうかしました？」

　遠慮がちに声をかけられ、顔を上げるとスーツ姿の女の人がいた。心配そうな表情を浮かべている。ひとりで公園のベンチに座り、泣いているあたしを見て何かあったのかと思ったのだろう。

「ちょっと目にゴミが入っただけです、大丈夫です」

　恥ずかしくなって、苦しい言い訳をしてその場を去る。スマホを見ると、もう夕方の六時を過ぎていた。どうりで暗くなるはずだ。つぐみからももちろん純晴《じゅんせい》くんからも、連絡はない。ああいう時は普通は親を呼ばれるはずだけど、つぐみの家はシングルマザーでスナック経営。どうなったんだろう。

「とんでもないことしちゃったな、あたし」

自分の行いを後悔して思わずつぶやいたものの、どうにもできない。今からあのコンビニに行って、店長さんにごめんなさい本当はあたしがつぐみに罪をなすりつけました、なんて正直に言うのは考えられなかった。なんでそんなことをしたの？　と訊《き》かれた時、うまくその場を切り抜ける言葉が浮かびそうにない。本当のことを言うわけにもいかないし。

メイクポーチを取り出し、鏡で自分の顔を見ると、ひどいありさまだった。アイラインとマスカラが溶け、目の周りがパンダみたいになっている。まずはこのひどい顔をなんとかしたい。

駅前のカフェに入り、本日二杯目のブラックコーヒーをオーダーして、カフェのトイレで化粧を直した。もう真面目《まじめ》っぽく、清楚《せいそ》に装《よそお》わなくてもいいんだと思ったら、好きなだけ盛れた。ばさばさ睫毛《まつげ》にチーク、ピンクのリップで彩った自分の顔。ちょっと前ならこの顔に自信を持てたのに、今じゃむなしいだけだ。

席に戻ってスマホを適当にいじる。なんだか今日は、まっすぐ家に帰りたくない。家で、お父さんとお母さんの前で、いつもの元気な柚葉《ゆずは》を演じられる自信がない。また部屋に引きこもったら怒鳴られそうだし。だからって、いつまでもここにいるわけにもいかない。

どうしよう、と途方に暮れたところで、後ろから肩を叩かれた。

「柚葉じゃん、久しぶり」

振り返ると康司《やすじ》がいた。別れたのは去年の十二月だから、約九か月ぶり。もともと明るかった康司の髪は今は金髪に近く、ピアスの数も増えている。

「……なんでここにいるの」

反射的に声が冷たくなる。もう二度と会わないつもりだった。康司はあたしの塩対応にまったく堪《こた》えてないような顔で言う。

「何それ、冷たくねー!? 俺は柚葉に会えてうれしいのに」

「あたしはまったくうれしくない」

今度こそ、康司が眉をひくつかせた。でも声はやっぱり明るい。

「またまたー、強がっちゃって。俺と別れてさびしかったくせに」

「ちっともさびしくなんてないよ」

いいよ、とも言ってないのに康司は当たり前のようにあたしの向かいに腰を下ろした。

こんな男を、かつてはかっこいいと思ってしまった自分が恥ずかしい。明るい髪もピアスも、かつて「デブブス」だったあたしには、スクールカースト上位の象徴のように見えたから、そんな人が自分に向けてくれる好意がありがたかった。今こうして向かい合って見れば、ただちゃらちゃらしてるだけで不快だ。

でもそれでもきっぱりと康司を突っぱねられないのは、彼が言ったとおり、今どうしようもなくさびしいから。完璧に失恋した今は、誰でもいいから傍《そば》にいてほしい。それぐらい、人の温《ぬく》もりに飢えている。

「柚葉はあれからどうしてた？」

「どうって……」

「俺と別れた後、他の男と付き合ったりした？」

質問の意図がわからず黙って首を横に振ると、康司はにんまり笑った。

「俺は付き合ってみたよ、何人かと」

「へえ」

「へえじゃなくてさ。でもさ、誰と付き合っても柚葉がやっぱりいちばんじゃんと思うんだ」

陳腐《ちんぷ》な口説き文句だとわかってはいても、胸の奥がコトリと動く。

今はこんな男からでさえ、肯定されることがうれしい。

「柚葉、俺と別れてからほんとかわいくなっちまったよなー。その髪の毛、すごく似合ってるぜ。ピンク系だよな？」

「うん……ありがと」

「長さもだいぶ短くなったけど、すごくいいぞ、その色」

この言葉を純晴くんに言われたかったな、と思ってしまった自分に気づいて、ぎゅっとスカートの上で両手を握りしめる。

あたしが好きなのは、やっぱり純晴くんなんだ。純晴くんの気持ちがまったくあたしにないとわかってしまった今でさえ、純晴くんが頭から離れてくれない。

この気持ちとは、いつになったらさよならできるんだろう。

「なあ、これからカラオケ行かね？」

康司がにやっと八重歯《やえば》を見せて言った。

「カラオケ？　なんで？」

「なんか今日の柚葉、どう見ても元気ないからさー。一緒に遊んで、気晴らししようぜ」

ふたりっきりになって、いよいよヨリを戻そうとか迫ってくるつもりだろう。そうはわかっていても、やさしい言葉にきゅうっと胸が痛くなる。

もし、康司のやさしさが本物だったら。本当にあたしを元気づけたいと思っているなら。今だけそのやさしさに、縋《すが》ってみてもいいんじゃないか。

「いいよ、行こう」

そう言うと、康司はぱっと顔を輝かせた。

「そうこなくっちゃ！　よし、さっそく行こうぜ」

康司が立ち上がり、飲みかけのあたしのカップまで一緒に片付けてくれる。

そんなちょっとした気遣《きづか》いさえやさしく感じられてしまうのは、あたしが人生史上最大に落ち込んでしまっているからだろう。


駅の近くのカラオケ店に入り、最初こそ何曲か歌ったものの、すぐに歌う気になれなくなってしまって、康司が曲を入れまくるのを黙って見ていた。いつもならなんとも思わない失恋ソングがどんな陳腐な歌詞でもブスブス胸に刺さって、歌うのも聞くのもしんどい。

やっぱり来るんじゃなかった、と思ったところで曲が終わる。

「次、柚葉？」

「ううん。あたし入れてない。康司歌っていいよ」

「えー、また俺かよ。柚葉も少しは楽しもうぜ」

「あたしは康司が歌うの聴いてればそれでいいから」

納得していない様子の康司だけど、曲がはじまるといきいきとした顔になって、メロディに声をのせる。

そういえば康司と付き合って最初のデートでもカラオケに行った。男の子とデートするなんてはじめてで、何を着ていけばいいのかわからなくて、前日に鏡の前で一時間ひとりファッションショーしてしまったっけ。当日もメイクとかヘアセットとか、すごく時間をかけた気がする。そんなことしてしまう程度には、康司に惹《ひ》かれていた。

なのに今はこんなに近くにいても、胸がまったく浮き立たない。

曲の途中で、康司が肩に手を回してきた。反射的に跳ねのけようとしたけれど、男の力は強い。しっかりと動きを封じられ、ぬるい息が耳にかかる。康司の手が制服の中に侵入しようとしている。頭の中で危険信号が点滅しだした。

どうして今まで、なんの警戒もしなかったんだろう。男の子とふたりきりでカラオケなんて、こうなるに決まってる。

曲が終わり、康司がマイクを置いて顔を寄せてきた。あたしは必死で身体を離す。

「駄目！　無理！　もうあたしたち付き合ってないでしょ⁉　そういうことやめて！」

大声で言うと、康司が思いきり怖い顔で言った。

「何言ってんだよ。ここまでついてきた時点で、その覚悟できてんじゃねえの？」

「そんなわけないでしょ！　康司はもう彼氏でもなんでもないんだから、そんなことできるわけないっ！」

一瞬でもやさしくされた、と思った自分を殴りたい。

康司はこんなことのために、偽《いつわ》りのやさしさであたしを釣っただけだ。

すっかり豹変《ひょうへん》した康司が負け惜しみみたいに言った。

「お前、なんか勘違いしてね？　自分がそんなに魅力ある女とでも思ってんの？　柚葉のいいとこなんてすぐヤラせてくれるとこだけなんだし、ガード固いお前になんの意味もねえんだよ」

怒りで頭が真っ白になった。

次の瞬間、あたしはテーブルの上のメロンソーダを康司めがけて投げつけていた。

グラスが床に落ち、緑の液体と氷が康司の頭の上にばちゃあっとぶちまけられる。

あたしはカバンを持ってカラオケルームを飛び出した。背後で康司が何か叫んでいたけれど、幸い追いかけられることはなかった。

さっきとは違う、悲しさじゃなくて悔しさから生まれた涙が、走るあたしの頬を濡らしていった。

帰りの電車のなかでスマホを見ると、お母さんから何件も着信が来ていた。メッセージもたくさん。気がつけば、二十二時を過ぎている。こんな時間まで帰ってこなければ、そりゃ心配するはずだ。「今から帰るところ」と返信して、ため息をつきながらスマホをカバンのポケットに入れる。こりゃ、帰ったら延々とお説教コースだ。

こんな最悪な気分でも家に帰らなきゃいけないのが憂鬱《ゆううつ》だ。家に帰って夕飯を食べてお風呂に入って寝て、また明日が来る。明日になったら学校で純晴くんの顔を見なきゃいけない。そう考えるだけでずんと気分が沈んでいく。

一生純晴くんに会いたくない。会わせる顔がない。向こうだってきっと、友だちに罪をなすりつけたあたしに会いたくはないだろう。

「おい」

マンションの入り口で声をかけられた。ぼうっとしていたあたしはそれまで、エントランスの端っこに立っている正直《まさなお》に気づかなかった。正直はいつになく硬い表情をしている。

「今まで何してたんだ」

「正直に関係ないでしょ」

親でもないのに、こんな詰問する口調で訊かれたら腹が立つ。冷たい声を出したつもりなのに、正直はめげない。

「お前、つぐみになんてことしたんだよ」

「……なんであんたが知ってるの」

「つぐみから直接聞いた。あいつ、すごい泣き腫《は》らした顔して帰ってきたから、何かあったのか聞いて。そしたら教えてくれた」

思わず目を伏せる。正直にまであのことを知られてしまったなんて、ひどいアンラッキーだ。小さい頃から正直は、こういう時人の好《よ》さを発揮してあたしとつぐみを仲直りさせようとするところがあったから。

純晴くんと同様、つぐみとも二度と顔を合わせたくないのに。

「なんでゆずちゃんにそんなことされなきゃいけないのって、つぐみ、泣いてたぞ。お前、自分がやったことわかってるのかよ。めちゃくちゃひどい方法で、つぐみを傷つけたんだぞ」

「だって、つぐみのくせに‼」

本音で叫んでいた。

失恋してつらいのは、純晴くんの気持ちが自分にないからだけじゃない。純晴くんの気持ちがつぐみにあることがすごくすごく、嫌なんだ。悔しいんだ。

あたしはめちゃくちゃ努力してかわいくなったのに、つぐみはそうじゃない。なんにもしてないつぐみがおいしい思いをすることが、許せない。

「地味ブスのくせに、ちっとも努力してないくせに、あたしの好きな人にあっさり好かれるなんて……そんなの、最低。許せない」

言いながら涙が溢《あふ》れてくる。本当に最低だ。つぐみが純晴くんの好きな人じゃ、とられてもしょうがないなって思えない。あんな子になんで、という気持ちばかり。

手の甲で涙を拭《ぬぐ》うあたしを見つめながら、正直が憐《あわ》れむように言った。

「その様子だと、失恋したんだな」

そのことを正直に言われるのは嫌だったけど、自分ではっきり明かしてしまったんだから違うとも言えない。正直は突き放した声で次の言葉を放った。

「俺、その男が柚葉じゃなくてつぐみを選んだ気持ちわかるわ」

なんてひどいことを言うのだと、耳を疑った。思わず涙でぐにゃぐにゃになった視界のなか、正直を睨《にら》みつける。

「あんた、あたしがどれだけ傷ついたかわかってわかってる⁉　普通はもっと、あるでしょ⁉　慰《なぐさ》めるとか」

「慰めたりなんかしねーよ。今の柚葉、すっげーブスだもん」

中学の頃は「デブブス」って男子たちにからかわれてたけど、正直は面と向かってあたしにブスなんて言ってこなかったのに、今、言われた。

怒りを通り越して呆けてしまったあたしに正直は続ける。

「昔の柚葉は、こんなんじゃなかった。今よりずっときれいだった。強くてやさしくて、友だちを大切にするまっすぐな心を持ってた。お前、脂肪と一緒に大切なものまでなくしちゃったんだな」

昔のあたしがきれい？　正直はいったい何を言ってるんだろう。中学の時のあたしはぶくぶく太ってて、野暮《やぼ》ったくて、正直だってあんなブス好きにならないって陰で言ってたくせに。わけがわからず、涙も止まってしまった。正直はエントランスの壁に背中をあずけ、どこか遠くを見るような目であたしを見やる。

「お前、小学校の頃つぐみがいじめられてたこと覚えてる？」

「覚えてるけど」

母子家庭で母親がスナックのママをやっているつぐみの家。小さな町だから小学校の頃、そのことを同級生たちはみんな知ってた。そのせいでつぐみはいじめられることもあって、そのたびにあたしは庇《かば》ってた。

「スナックのママの何が悪いのよ！　つぐみのお母さんに会ったこともないくせに！　つぐみのお母さんはやさしくて美人で、素敵な人なんだよ！」――とか、言ったこともある。

「中学の時お前がいじめられても、不登校になっても、つぐみはずっとお前のこと気にしてて。高校も一緒にするって、それはやりすぎなんじゃないかって言ったら、わたしはゆずちゃんに助けてもらった恩があるから、って言ったんだよ。そんなやさしいつぐみの気持ち、踏みにじるなよ」

「恩……?」

「お前に庇ってもらえたの、つぐみはそれぐらいうれしかったってことだよ」

瞼《まぶた》の裏につぐみのへにゃっとした笑顔が広がる。

一緒の高校に行くってつぐみから言われた時、口では心配してるようなことを言うけど「上から目線」なんて思ってしまった。でも、それは間違いだった。あたしの心が歪《ゆが》んでたから、上から目線だとか、そんなふうに感じてたんだ。

「今のお前はちょっと見た目がよくなったからって調子乗ってて、平気でつぐみを傷つけて、はっきり言ってすげーブス」

またブスって言われた。正直は壁にあずけていた身体をまっすぐに戻し、あたしに向かい合う。

「ほんとは、柚葉だってわかってるんだろ? 自分がやったことが間違ってることくらい」

「そりゃ……そうだけど」

「だったら、やらなきゃいけないことはわかるよな?」

正直の声が子どもを諭《さと》すような、ちょっとやさしい口調になった。

あたしは小さくうなずいた。なんて言えば許してもらえるのか、そもそも許してほしいなんて思っていいのかわからないけれど、このまま何事もなかったように生活するなんて、駄目だ。

家に帰るとお母さんの容赦ない雷が落ちた。

高校生の身でこんなに遅くなってなんのつもりなのかとか、今までどこで何をしていたのかとか、いろいろ言われた。康司との間にあったことは言えるわけなくて、適当にごまかそうとするとさらに怒られた。最後はお父さんがまあまあ、と間に入ってくれてなんとか解放してもらい、冷めきった夕食を食べた。

ご飯の後、つぐみにメッセージを送った。あたしの顔なんて見たくもないだろうな、と思っていたけどすぐに既読になった。『今からつぐみん家《ち》行っていい？』と送ると、『いいよ』と返ってきた。お母さんに今からつぐみに会いに行くことを告げると、こんな非常識な時間にとまたぐだぐだ言われたけど、どうしても今日じゅうに会わなきゃいけないのだと押し切って、家を出た。

エントランスまで下りて、隣の棟のエレベーターに乗る。深夜のマンションは建物全体が眠ったようにしんとしていて、これからつぐみに会うのだと思うとぴりっと緊張した。小さい頃から何十回も何百回も顔を合わせてきたのに、こんな気持ちで会う日が来るなんて。

江川《えがわ》家のチャイムを押すと、パジャマ姿のつぐみがドアを開けてくれた。

「ごめん。もう寝るところだった？」

「ううん、まだ。お風呂はもう入ったよ」

つぐみの様子がいつもどおりなことにちょっと安堵《あんど》する。つぐみの家には久しぶりに入るけれど、最後に来た時と同じようにきれいだった。特に高級なインテリアが置かれてるとか、そういうわけじゃないけれど、あらゆるものがあるべきところにきちんと収まっていて、雑然としていない。つぐみのきちんとした性格が表れた家だった。

「紅茶しかないけど、いいかな」

つぐみの部屋にふたりで入り、ティーバッグで淹《い》れた紅茶を出される。琥珀《こはく》色の液体を見つめながら、しばらく沈黙が広がる。謝らなきゃと思ってここに来たのに、いざとなるとなかなか言葉が出てこない。

「あの後、どうなったの？」

つぐみが家に帰れているということは警察を呼ばれてはいないのだろう。そう思いながら訊くとつぐみはいつものへにゃっとした笑顔を見せた。

「お母さんが来てくれたよ。まだお店はじまる前だったし、電話するとすぐに駆けつけてくれた。それに阿久津《あくつ》くんも味方になってくれたし。無事、無罪放免、みたいな」

「そっか。つぐみのお母さんにも迷惑かけちゃったな、あたし。あとで謝らないと」

その言葉は罪を認めてるのと同じだ。つぐみの顔から笑みが消える。

「ねえ、わたしのカバンにシャープペンの芯《しん》入れたのって……」

「あたしだよ。つぐみが思ってるとおり」

痛いほど気まずい沈黙がふたりの間に落ちる。つぐみが悲しそうに目を伏せ、言葉を探すように唇を震わせる。そんなつぐみの姿を目の前にして、改めて自分がしたことの意味がわかった。

あたしは幼馴染《おさななじ》みのつぐみを、自分の身勝手な思いで傷つけてしまったんだ。

「ゆずちゃん、どうして、そんな……」

「純晴くんがつぐみを好きだからだよ」

一気に言った。胸を引き裂かれるような事実なのに、自然に言えた。

つぐみの顔に驚きが広がっていく。

「え、何、それ……」

「だから、そのままの意味。純晴くんは、つぐみのことが好きなの」

「嘘でしょ？　そんなの、何かの間違い……」

つぐみがおろおろしている。純晴くんに好意を向けられてることがどうしても信じられないらしい。恋愛に疎《うと》いつぐみのことだ、誰かを好きになることも、好きになられることも、自分とは無関係だと思っているのかもしれない。

「本当だよ。純晴くんが直接、そう言ったんだもん」

「そうなの……？」

「うん、そう。純晴くんの好きな人は、つぐみなの」

そこではじめて事実を受け入れたように、つぐみが大きく目を見開いた。あたしの口元には笑みが浮かぶ。自虐的な笑みじゃなくて、なんでこんなにくだらないことでつぐみを傷つけてしまったんだろう、ていう自分の小ささへの笑み。

今から思えばくだらないな。恋が叶《かな》わないからって、つぐみに八つ当たりしてたようなものじゃないか。つぐみはぜんぜん悪くない。ただ、純晴くんに好かれただけ。好きになってくれないからって純晴くんを責めるのも、純晴くんに好かれたからってつぐみを責めるのも、みっともない嫉妬だ。

「ごめんね、つぐみ」

心から謝罪の言葉が出た。許してもらえるかわからないけれど、あんなことをしてしまった以上許してほしいなんて思っちゃいけないのかもしれないけれど、それでも言わずにはいられない。

「あたしはかわいくなるためにすごく努力してるのに、何もしてないつぐみが純晴くんに……って思ったら、すごく悔しかった。自分の今までの努力が否定されたような気になって、つぐみが憎らしくなった」

「ゆずちゃん……」

「だから、つぐみが純晴くんに嫌われればいいと思って、あんなことしたの」

実際には純晴くんはすべて見抜いていて、その計略は失敗に終わったんだけど。

でも、それでよかったんじゃないかと今では思える。ズルをして好かれても、なんにもならない。好きになってもらえるならありのままのあたしを見て、好きだと言ってほしい。

つぐみを貶《おとし》めて手に入れた好意なんて、どれほどの意味があるだろう。

つぐみは長いこと黙り込んでいて、そしてふっと頬の力を緩《ゆる》めた。

「ありがとう、ゆずちゃん」

「……え？」

聞き間違いかと思った。なんでここでつぐみがあたしにお礼を言うのかわからない。あたしはつぐみにひどいことをしたのに、お礼を言われるどころか厳しく詰《なじ》られても仕方ない立場なのに。

「ゆずちゃんにあんなことされたのが、すごくつらかったんだ。わたし嫌われたのかな、って」

「つぐみ……」

「知らない間に何かしちゃったのかって思った。理由がわからなくて不安だった。だから、ちゃんと理由を言ってくれてよかった。ありがとう」

化粧っけのない地味なつぐみの顔が、眩《まぶ》しいほどきれいに見えた。

純晴くんがなんでつぐみを好きになったのか、今わかった。つぐみは真面目なだけが取り柄の女の子なんかじゃない。心が本当に純粋で透き通っていて、きれいだ。いくら外見だけ取り繕《つくろ》っても、あたしなんて足元にも及ばないくらい、心が美人だ。

「ごめんね。ゆずちゃん」

つぐみが心から申し訳なさそうに言った。

「なんでつぐみが謝るの？」

「だって、阿久津くんはゆずちゃんの好きな人なのに」

「そんなの、つぐみが謝ることじゃないよ。誰を好きになるかは純晴くんの自由なのに。

それなのにあたしは勝手に嫉妬して、ひどいことして……ほんとにごめん、つぐみ。いくら謝ったって足りない」

ぶんぶん、つぐみが首を横に振る。そして手を差し伸べ、あたしの手をそっと握って言った。

「ゆずちゃんはかわいいから、きっとそのうち、素敵な彼氏ができるよ」

「……そうかなあ？」

「そうだよ。あたしから見ても、ゆずちゃんはかわいいもん。自慢の幼馴染み」

にこっと笑うつぐみに、あたしは手を握り返して応《こた》える。

純晴くんはちゃんと、見る目があったんだ。見た目で選ぶんじゃなくて、つぐみのこんなやさしい心に惹《ひ》かれたんだから。

あたしは、つぐみには敵《かな》わない。

悲しいのに、なぜか救われたような気分だった。

第七章　祭りの前の波乱

ふっと目が覚めて、まだアラームが鳴っていないことに気づく。スマホを確認すると、いつもより三十分も早い時間に起きていた。なのになぜか頭は嵐の後の空のように冴《さ》えわたっていた。

今日から純晴《じゅんせい》くんを振り向かせようとがんばらない、恋のない日々がはじまる。

そう思うとまた悲しくなったけれど、自分を奮《ふる》い立たせるためにぎゅっと拳を握り、起き上がった。

メイクの後、ヘアアイロン片手に鏡に向き合って、短くなったピンクの髪をカールさせていく。あんまり派手にすると先生に目をつけられちゃうけれど、そうならないぎりぎりまでかわいくしてみたい。真面目《まじめ》も清純派も意識しないで、あたしらしくしたい。

「おはよう、ゆずちゃん」

マンションを出たところで、隣の棟のエントランスから出てきたつぐみに会った。よし、つぐみの前で自然に笑える。失恋しても明るさを失わないでいられるあたし、えらい。

「その髪、かわいいね。ふわふわしてる」

「ありがと。ちょっと早く目が覚めちゃったからさ、がんばっちゃった。変でしょ、学校行くだけなのに」

　駅までの道を一緒に歩くあたしたち。もうだいぶ秋めいた日差しが降り注ぎ、からっとした風がスカートをふわりと持ち上げる。恋に夢中になっているうちに、いつの間にか季節がひとつ進んでいた。

「学校でも気を抜けないからね。いつどこに、いい出会いが転がってるかわからないし」

「いい出会い？」

「恋の出会いに決まってるじゃん。つぐみ、言ってくれたでしょ？　あたしには素敵な彼氏ができるって」

「あはは、そうだね」

　つぐみはあたしに合わせて笑った後、ふと真剣な顔になった。

「ねえ、ゆずちゃん」

「うん？」

「ゆずちゃんは、本当にそれでいいの？」

十センチくらい低いところにあるつぐみの顔を覗《のぞ》き込むと、つぐみはまっすぐな目をあたしに向けていた。

「わたし、ゆずちゃんを差し置いて自分が幸せになりたいなんて思わない」

「つぐみ……」

「たしかに阿久津くんといるのは楽しいよ。でもわたしと阿久津くんが一緒にいることで、ゆずちゃんがつらい思いをするなら、それはわたしの望んでることじゃないから。わたしは、ゆずちゃんが笑ってることがいちばん大事なの」

その言葉がうれしすぎて、息が詰まりそうになった。

ひどいことをしたあたしに、ここまで言ってくれるつぐみ。思えば、つぐみは昔からそうだった。おやつのケーキだってあたしに欲しいのを選ばせてくれたし、おもちゃの取り合いになりそうになった時だって譲ってくれた。つぐみはいつも自分の気持ちより、あたしを優先してくれた。今だってそうだ。

つぐみは純晴くんのことをどう思っているんだろう。本当はつぐみも純晴くんが好きで、でもあたしに悪いからって、遠慮してるだけなんじゃないだろうか。

それは怖くて訊《き》けなかったけれど、代わりにあたしは笑ってみせた。

「昨日、はっきり純晴くんに言われちゃった。軽蔑《けいべつ》した、って」

「え……」

「しょうがないよね。自業自得《じごうじとく》だもん」

あたしのことなのにつぐみが悲しそうな顔をする。つぐみはひとの幸せを自分のことのように喜び、ひとが悲しい時は自分のことのように悲しむ子だ。だからこそ、やっぱりつぐみには敵《かな》わないと思う。

見た目が地味だからって、見下してるあたしが馬鹿だった。つぐみは心がこんなに美人なのに。

「だからね、あたしが純晴くんに好かれる可能性なんて万に一つもないの。だからもう、あきらめる！」

「ゆずちゃん……」

「だからつぐみも、あたしに遠慮しなくていいからね。純晴くんが好きなら、純晴くんと付き合ってもいいから」

つぐみは何も言わず俯《うつむ》いた。駅がだいぶ近づいてきていた。

そのままなんとなく気まずくなってしまって、電車にはどちらからともなく離れた車両に乗った。わざわざ別々に登校するのはいつもどおり。だけど、やっぱりもやもやする。

つぐみを見下してた気持ちはくだらないけれど、だからってこれからあたしはつぐみと純晴くんをどんな思いで見ていたらいいのか。

そう思っていたら、ゲタ箱のところで純晴くんを見つけた。

「純晴くん」

思いきって声をかけると純晴くんは振り返る。その顔に軽蔑の色が浮かんでいないことにほっとして歩み寄る。

「昨日、コンビニに戻ったんだよね？　あの後どうだった？」

「ああ、江川《えがわ》のお母さんが来て、俺は店長さんに江川はやってないですって言って。店の人、なかなか信じてくれなかったけれど、最後は許してくれた。シャープペンの芯《しん》の代金は江川のお母さんが払ったよ」

そこまで言って一拍置いてから、続ける純晴くん。

「変だよな。なんにもしてないのに金払うのって。真犯人に金払わせればいいだろ」

射るような純晴くんの目があたしを見る。

やっぱり純晴くんはあたしをちっとも許してない。そりゃそうだ、好きな子にあんなひどい仕打ちをしたんだから。意地悪の範疇《はんちゅう》を超えている。つぐみは許してくれたけど、純晴くんにはいくら謝っても無駄だろう。

それでも言わずにはいられない。

「純晴くん、ごめんなさい」

あたしは腰から折り曲げる丁寧《ていねい》なお辞儀をした。頭を下げている間、周囲の視線が集まるのを感じる。ゆっくり顔を上げると、純晴くんは憮然《ぶぜん》とした表情のままだった。

「昨日、あの後ね。謝りに行ったんだ、つぐみに」

純晴くんがひく、とわずかに眉を動かした。

「あたし、ひどいことしたのに……つぐみ、あっさり許してくれた。ほんとにいい子だよね。あんな子に嫉妬して、陥《おとし》れようとしていた自分、ほんとくだらないと思う」

「嫉妬……？」

あたしの言葉のなかにある隠れた意味を感じ取った顔で、純晴くんがあたしの顔をまじまじと見る。この時はじめて、ようやく純晴くんの目にちゃんとあたしが映った気がした。

今から、あたしはフラれる。今度こそ完璧にフラれてしまう。でもその前に、ちゃんと伝えられてよかった。

「あたし、つぐみに嫉妬してたの。純晴くんが想っている、つぐみに」

純晴くんが大きく目を見開いた。ふだんあまり表情の変わらない純晴くんがそんな反応をするのがうれしくて、思わず笑ってしまった。

「それって……」

「純晴くんの思ってるとおりだよ」

伝わったらしく、純晴くんが申し訳なさそうに顔を歪《ゆが》めた。そんな顔をされるとまた胸が痛くなる。あと何度、あたしはこの痛みに耐えなければいけないんだろう。つぐみの隣で純晴くんが笑ってるのを見た時？　つぐみと純晴くんが付き合いはじめた時……？

今はとても忘れられる自信なんてない。この痛みこそが、つぐみを傷つけたあたしへの罰なんだと思う。だから、黙って失恋を受け入れよう。

「ごめん、俺、鈍感だから。まじで気づかなくて……」

「いいよ、謝らないで。あたし、純晴くんのこと応援してるから」

今度は照れているのか、赤くなる純晴くん。こういうウブな反応をするところも、ちゃらちゃらした康司《やすじ》と違ってかわいくって、素敵だなって思うのに。あたしにはもう、純晴くんを好きでいる権利すらない。

「つぐみのこと絶対幸せにしてよ」

「おい、そんなこと大声で言うなって」

「あはは、ごめん」

無理して笑って、くるりと背を向けた。振り返って、まだ赤い顔をしている純晴くんに向かって言う。

「これからは友だちとして、今までどおり普通にしててね」

泣きたい気持ちを堪《こら》えながら、教室までの道をまっすぐ歩く。胸の痛みがどんどん全身に広がっていって、足元からその場に崩れ落ちそうだった。フラれるのって、こんなにつらかったんだな。正直《まさなお》の時だってつらかったはずなのに、忘れてた。

でも、えらいよね、あたし。ちゃんと純晴くんに応援するって言えたんだもん。その気持ちに嘘はないはず……だ、たぶん。

もうつぐみに嫉妬はしない。有言実行、言ったからにはそのとおりにする。もしつぐみと純晴くんが付き合いはじめたら、ちゃんとおめでとうって、ふたりに言うんだ。

映画を早送りするようなスピードで、三週間が過ぎていった。

その間、中間テストがあった。あたしは古文とか日本史はそこそこ点が取れるけれど、数学や物理になるといつも赤点すれすれだ。テスト前の恒例行事で、佳子《かこ》と沙裕《さゆ》と一緒に図書室で勉強した。それなりに効果があったようで、古文と日本史は八十点を超え、数学と物理も赤点を免《まぬか》れた。テストの後、佳子たちと一緒にカラオケで打ち上げをした。

純晴くんがつぐみと廊下で話しているのを何度か見かけた。ふたりは図書室にいた時よりもさらに親密そうで、つぐみを見る純晴くんの顔が輝いていた。そんな光景を見ているとまた胸がしくしく痛んだけど、もう嫉妬はしないと決めた。気持ちは伝えたんだし、もうあきらめる。今は、純晴くんとつぐみを応援したい。

昼休みの今は純晴くんは少し遠くでいつもの男子メンバーとお弁当を食べている。こういう時、ついつい純晴くんのほうに視線がいってしまう。そんなんじゃ駄目だと自分を叱《しか》りつけるけど、まだ完全に忘れられたわけじゃない。

「柚葉《ゆずは》はもう、阿久津《あくつ》くんのことはいいの？」

ミートボールをつまみながら佳子が抑えた声で言った。純晴くんを見てるのがばれたかも、とちょっとドキリとする。

「うーん……そりゃ、完全に気持ちがゼロになったかっていったら、違うよ。失恋した今になって思うんだよね。ああ、あたし、純晴くんのこと割と真剣に好きだったんだなって」

「柚葉、あたしの目から見ても痛々しいほど努力してたもんね」

佳子が言って、隣で沙裕がこくこくうなずいている。

「痛々しいって……何、あたしそんなにイタい子だった？」

「イタいっていうか、一途《いちず》すぎて見てられないっていうの？　いきなり黒髪にしてきちゃうし、格好もダサくなるしさあ。そこまでする？って思っちゃったよ」

「そして、失恋した途端にばっさり髪切っちゃうでしょ。佳子とふたりで、ああ、これは相当だね、って言ってたんだよねー」

口の中の甘い卵焼きが苦くなりそうな親友ふたりの言葉。そういえば、正直にも言われたっけ。好きな人の好みにしちゃうなんて、自分がないとかなんとか。今から思えばあたし、恋に夢中になりすぎて、必死な感じが出ちゃってたのかも。

「あーあ、どこかにイケメン落ちてないかなあ」

ぽつんとつぶやくと沙裕がぷっと笑った。

「何言ってんの、イケメンは落とし物じゃないんだから」

「わかってるけど。無理やりにでも気持ちを次に切り替えていかないと、ずっとうじうじしたまんまっていうか……」

「なんにせよ、新しい恋に意識を向けるのはいいことだと思うよ」

佳子がにまっと笑顔で言う。

「幸也《ゆきや》に頼んで、友だち連れてきてもらって六人で遊んでみる？　阿久津くんみたいな背が高くてシュッとした感じの人がいいって、オーダーしてさ」

「え、いいの？」

「幸也くんの友だちって、ろくなのいなさそうだけど」

沙裕がクールに言う。前、それであたしが彼氏を作って、見事康司というクズに当たったことをこの子は忘れていない。

「今度は大丈夫だって。あたしも柚葉がいつまでも落ち込んでるのは嫌だからさ」

「ありがとう、佳子」

持つべきものは友だちだって言うけれど、本当にそのとおりだ。いいってことよ、と佳子が頼もしげに言う。

「それよりさ、今日のHR《ホームルーム》、文化祭の出し物決めだよね」

沙裕が言った。十月の終わりに行われる文化祭に向けて、そろそろ準備がはじまる。中間テストが終わってこれから文化祭とあって、校内はどことなく浮かれムードだ。

「来年は受験で三年生参加できないから、実質今年が最後の文化祭になっちゃうんだよね」

「最後の文化祭、かあ。柚葉は何がいい？」

「うーん……あんまり、準備が大変じゃないやつなら」

一年の文化祭では定番のお化け屋敷をやった。美術部の子が指揮をとってたけど、それなりに室内装飾に凝《こ》ったから、意外と準備が大変だったのを覚えている。それにおどかし役になっちゃったら、当日他のクラスを見て回る時間も少なくなるので、クラス内からは少々不満が出ていた。佳子がこくこくうなずく。

「まあ、それは第一条件だよね。あと、柚葉がイケメンとの出会いがあるようなやつ！」

「何それ。そんな出し物ある？」

にわかに高まったテンションで話していたらつい声が大きくなってしまったのか、純晴くんがちらりとこっちを見た。そのことに胸がほのかに熱くなってしまって、ああ、また、あたしは純晴くんを好きなんだなと思い知らされて、切なくなった。


「メイド喫茶がいいと思います」

ＨＲが行われている教室、男子のなかでもいちばん目立つ子が手を挙げて言って、クラス内がにわかにざわつく。すかさず、女子たちから反対の声があがる。

「何それ。接客すんの女子だけじゃん！」

「女子みんなに強制労働課す気？」

「男子が楽したいってのがミエミエ」

「ていうか、メイドの格好とか恥ずかしいし」

みんな言いたい放題で、黒板の前に立つ学級委員の女の子もおろおろしている。あたしは思わず純晴くんのほうを窺《うかが》っていた。純晴くんもメイド喫茶がいいって思ってるのかな。

女子のメイド姿見たいっていうスケベ心あったりするのかな……でも、頬杖をついて黒板を見ているその横顔はいつもどおりクールだった。

「女子にメイドの格好させるって、その発想自体が既《すで》にセクハラなんだよ」

女子のなかでもきつい性格で有名な子が言って、そこから一気に女子たちの発言が過激になる。

「そうそう！　男子たち、どうせミニスカのメイドがいいとか思ってるんでしょ！」

「女の子にそういうことさせるのって、今は性的搾取《さくしゅ》とかいうんだからねー！」

「はあ⁉　何が性的搾取だよ！　文化祭でメイド喫茶とか、定番で絶対盛り上がるから言っただけじゃん！」

言い出しっぺの男子が反論して、彼に味方する男子たちがそれに乗っかった。

「メイドの格好できるなんて、今だけなんだぜ？　おばさんになってそんな格好してもイタいだけだし。高二の文化祭でメイドさんやったとか、後で絶対いい思い出になるって！」

「それに男子は全員裏方で働くから、女子だけでやれって言ってるわけじゃねーし！」

「でも接客は女子なんでしょ？　女子の負担のほうが結局大きいじゃん！」

女子たちも負けてない。この、クラスが男子と女子で真っ二つになる感じ、小学校の四年生とか五年生とか、それ以来だ。その時よりもみんな真剣だけど。教室内はわあわあきゃあきゃあ、蜂の巣を突っついたような大騒ぎで、学級委員の女子はもう涙目だ。

「ねえ、あたしからひとつ提案があるんだけど」

女子のなかでもボス的存在の、バスケ部の子が手を上げた。

「女子だけがコスプレするっていうからみんな反発してるんでしょ？　だったら男子も一緒に、クラス全員でやればいいと思うの」

「ハア⁉　男子もメイドやれっていうのかよ！　そんなの誰が見たいっていうんだよ！」

すかさず男子たちが猛反対する。バスケ部の子はそうじゃなくて、と前置きしてから言った。

「女子がメイドなら、男子は執事をやればいいじゃない？　メイド&執事喫茶。これで女子だけが恥ずかしい思いしなくて済むし、男女平等でしょ」

「あ、それいいかも」

反対一色だった女子たちの間の空気が変わった。みんなの表情が一斉にやわらぐ。

「メイドが嫌っていうより、女子だけが働かされる感じが嫌だったんだよね」

「男子も執事やるなら、男女平等だし」

「おい、ちょっと待てよ。俺やだぞ、執事のコスプレなんて」

男子たちは渋い顔。でも女子は強い。

「だったら、あたしたちもメイドやんないよ？　もっと無難な出し物にすればいいじゃん」

「えー、やだよ執事の格好なんて、マジで！　ただの恥さらしじゃん」

「後で思い出になるって言ったの誰よー！」

「それに、阿久津くんの執事姿とか見てみたいしねー」

純晴くんファンのテニス部の女子が言って、いきなり自分の名前が出てきた純晴くんがえっという顔をする。正直、あたしも純晴くんの執事姿、ちょっと見てみたいかも。ベストにスラックスとか絶対似合うし、格好いいに決まってる。て、ああ、駄目だな。まだぜんぜん恋心を封印できてない。

「ねえ、阿久津くんはどう思う？　メイド&執事喫茶」

テニス部の女子に話をふられて、純晴くんはおどおどしながら言った。

「ええと。俺は別に、いいんじゃないかと思うけど……」

「だよねー。よーし、うちのクラスはメイド&執事喫茶で決定！」

「おーい！　阿久津、裏切んなよ！」

イケメンの執事姿が見られるとあって浮き立つ女子たちに、ブーイングをあげる男子たち。ぱんぱん、と学級委員の女子が手を打った。

「じゃ、ここで評決をとります。メイド&執事喫茶に賛成の人」

女子たちがいっせいに手を挙げ、ここで手を挙げないわけにはいかないのであたしも手を挙げた。女子たちは全員、メイド&執事喫茶に賛成だ。

うちのクラスは女子が二人多いので、女子が団結した時点で結果は決まってる。こうして文化祭当日、クラス全員でメイドと執事になることが決まった。


その後、クラス全体で準備の係決めをした。衣装係、フードの用意係、そして教室内の装飾。あたしはいちばん大変な衣装係になってしまったけれど、佳子と沙裕も一緒なのが幸い。

「結局、準備も当日も大変な出し物になっちゃったね」

HRが終わり、佳子と沙裕と一緒に教室を出た時、あたしの口からはそんな言葉がぽろっとこぼれた。

「いいじゃん、メイド&執事喫茶。たしかに大変だけど、メイドの格好できる機会なんてこれ逃したらないと思うし」

前向きな発言をする佳子。女子みんながメイド喫茶に反対してた時も、佳子は何も言ってなかった。案外、コスプレ好きなのかもしれない。

「まあ、たしかにいい思い出になりそうだし。柚葉も思いっきり露出度高いメイド服にしちゃえば？　イケメンが釣れるかも」

沙裕までそんなことを言う。露出度高いメイド服ってうまく想像できないけれど、すごく恥ずかしそうだ。

「やめてよー、そんなの着れないって。ていうか、あたしたち衣装係なんだよね。お裁縫苦手なのに大丈夫かなあ……」

そんなことを言っていると、つぐみのクラスのドアからひときわ華やかなオーラをまとった女子たちが出てきた。みんなメイクばっちりで、髪の色も明るいしスカートも短い。制服を着ていなかったら大学生にも見えちゃいそうな大人っぽさがある。その中心にいるのは、あの西川《にしかわ》さんだ。整っていてハーフみたいに彫りの深い顔は目を惹《ひ》く。

「西川もやるよねえ。よくあんな、陰湿なこと考えられるわー」

「江川《えがわ》が調子乗ってるのが悪いんだよ。ちょっとイケメンに好かれてるからって、へらへらしちゃってさ」

チェシャ猫みたいににやにや意地悪げに笑いながら言う女の子たちの会話に、なぜかつぐみの名前が出てきたのにどきりとする。輪の真ん中で女王様のごとく微笑む西川さんは満足そうな顔をしていた。

「全校生徒の前で恥かけば、江川もおとなしくなるっしょ。阿久津くんも幻滅するはず」

「あはは、西川こっわー！」

取り巻きたちがくすくす笑う。悪意を隠さない三角の目がぞっとするほど冷たい。その時、つぐみが廊下に出てきた。

「つぐみ！」

思わず駆け寄るあたしに振り返るつぐみは、顔色が真っ青だった。あたしの顔を見て気が抜けたのか、涙でぶわっと目がふくらむ。

「どうしよう、ゆずちゃん、わたし……」

「つぐみ、何があったの？　落ち着いて話してみて」

つぐみは唇をわななかせながら動かして、でも言葉にならず、その代わりにぽろっと涙がこぼれ落ちた。

「どうしたの、つぐみ。泣いてちゃわかんないよ」

「ゆずちゃん、あの、実は……」

あたしの横で佳子と沙裕もおろおろしている。つぐみは一見気が弱いようでいて、実は滅多《めった》なことで泣くような子じゃない。よほどのことがあったんだろう。

「どうしたんだ？」

純晴くんの声がして、振り返ると張りつめた目と視線がかち合った。やばい、あたしがつぐみを泣かせてると思われたかも。

「ええと違うの、純晴くんこれは……」

「牧野《まきの》には訊いてない。江川、どうした？　何があった？」

「えと、あのね……」

つぐみは目も鼻も真っ赤にして何度かしゃくりあげた後、ちょっと落ち着きを取り戻してしゃべりだした。

「うちのクラスの出し物、劇に決まったの。ロデオとジュリエッタ」

「ロミオとジュリエットじゃなくて？」

「あれをモチーフにした創作劇。演劇部の子がシナリオ書くことになって」

「それだけ？」

沙裕が言って、つぐみはちょっとの沈黙の後《のち》言った。

「わたしが……主役になっちゃって」

「え!?」

わたし、純晴くん、佳子に沙裕。四人の声が重なった。つぐみはこの世の終わりに立ち合った人のような顔で続ける。

「てっきり主役のジュリエッタは西川さんになると思ったら、その西川さんが江川さんがいいですって言いだして。他の女子もみんなわたしがいいって言うの。反対意見なんて出なかった。うちのクラス女子が多いから、そのまま多数決でわたしになっちゃって……」

「なんかそれ、新手《あらて》のいじめっぽいね」

佳子が言って沙裕と純晴くんも同意した顔をする。あたしも心の中でうなずいた。

つぐみのクラスを仕切っているのは西川さん。その西川さんは純晴くんに告白してフラれた。だから、純晴くんと仲のいいつぐみが目障《めざわ》りで、そんな仕打ちをしたんだろう。

つぐみに万引き犯の汚名を着せようとしたあたしが言うのもあれだけど、許せないと思う。嫌がってる子を文化祭の劇の主役にして恥をかかせようなんて、やり方が陰湿すぎだ。

「つぐみ、他になんかやられたことある？」

「……実は最近わたし、無視されてて。仲良かった子からもブロックされたし、話しかけても無視される。体育の授業で二人一組になる時とかもわたしだけ余っちゃうし、お弁当もずっとひとりで食べてて……」

「何それ。めちゃくちゃひどいことされてるじゃん」

そう言うとつぐみはうなずく代わりに、そっと目を伏せた。

純晴くんがくるりと踵《きびす》を返して歩きだす。

「純晴くん、どこ行くの？」

「職員室」

「え⁉」

純晴くんの顔が怒りで真っ赤に染まっていた。当然だ。好きな子がいじめられてるんだから、西川さんたちも、その言いなりになってる子たちも許せないだろう。

「先生に言って、いじめをやめさせてもらう。おかしいだろ、江川はなんにも悪くないのに」

「それはそうだけど。いきなり先生に言うっていうのはどうなの？　それに先生に問い詰められたって、いじめてた子たちが素直に認めるとは思えない」

「じゃあどうしろって言うんだよ」

「阿久津、冷静になりなよ！」

沙裕が声を荒らげ、純晴くんがはっとした顔になる。

「女子のいじめに男子が出てっていい方向に転ぶことなんてないでしょ。ちょっとは考えたら？」

「それは……でも、どうすんだよ。放置しろっていうのか？」

「放置しろとは言わないけど」

「ありがとう、阿久津くん」

さっきまで泣いていた顔でつぐみが微笑んだ。やさしい顔を向けられた純晴くんが照れているのに気づいて、そんな場合じゃないのに少し胸が痛い。

「わたしのために怒ってくれてありがとう。うれしい」

「江川……」

「でも、これはわたしが決着つけないといけない問題だから」

決意に満ちた言葉だった。でも実際、つぐみがひとりでいじめと闘えるほど強い子じゃないことを、あたしは知ってる。だからこの言葉はきっとただの強がりだ。

つぐみはこれからどうするつもりなんだろう。


久しぶりに、つぐみと一緒に学校から帰った。最寄《もよ》り駅で降りてマンションに向かって歩く間、すっかり落ち着きを取り戻したつぐみがぽつぽつと語りだした。

「わたし、ちゃんと言ったんだよ。主役なんて無理、演技経験もないし。こういうのはわたしみたいな地味な子じゃなくて、もっとジュリエッタのキャラクターに合った、かわいい子がやったほうがいいんじゃないかって」

「うん」

「でも、西川さんが言うの。江川さんはすっごくかわいいから、ジュリエッタ似合うよって。他の女子たちも江川さん以外はありえないとか言いだして」

「なんか、それって……」

言いかけて口を閉じた。

思ってもいない言葉でつぐみを追い詰めて、望んでもいない劇の主役にさせるなんて、まるで公開処刑だ。絶対、つぐみが嫌がるって知っててやってる。空はつぐみの心を映したように重たい鉛《なまり》色の雲が立ち込めていて、今にも雨が降りだしそうな湿った風がざわざわとつぐみの真っ黒い髪を揺らした。つぐみは少し寒そうに身体を震わせてから言った。

「学級委員の子も、西川さんの息がかかってたのかな……異論はないって感じで。男子たちは異変に気づいてたと思うけど、誰も表だっておかしいとは言わなかった。相手役のロデオはね、普通に格好いい子なの。わたしがかえって悪目立ちしそうな」

「今からでも、劇の配役決め直せないかな？」

文化祭はみんなが楽しむためにやるものなのに、ひとりを公然といじめる場になってしまうなんておかしい。こんなことがまかりとおってしまったら、西川さんが正しいことになってしまう。

「学級委員の子に言いなよ、やっぱり主役なんて無理、わたしにはどうしてもできない、って。いじめだってわかってるのに引き受けなくてもいいでしょ」

「無理だって。西川さんが絶対根回ししてるはずだから。きっとあれやこれや理由をつけられて、やれって言われちゃう」

　はああ、とつぐみが深いため息をついた。同時に、冷たいものがぽつりと頬を濡らした。いよいよ雨が降ってきたらしい。

「嫌だな、文化祭……わたしなんかが主役なんて、きっと笑いものにされるよ。あんな主役ありえない、ぜんぜんかわいくないって。学校じゅうの人から言われるんだ」

　つぐみは、見た目に頓着《とんちゃく》してないって思ってた。メイクもしないし制服の着こなしもダサいし、ひとに「かわいい」って思われたいって気持ちがないのかなって。

　でも、つぐみだって女の子なんだ。

　かわいくないって思われたら傷つくし、それが全校生徒の注目が集まる文化祭のステージだったら尚更《なおさら》だろう。あたしはどうやってつぐみを慰《なぐさ》めたらいいのかわからない。つぐみの力になりたいと思っても、具体的な案がちっとも浮かんでこない。

「雨、強くなっちゃうよ。急ごう」

　あたしはつぐみの袖を引いて急《せ》かし、つぐみは小さくうなずいた。

マンションまで早足で歩く間、雨はどんどん強くなっていって、家にたどりついた頃にはふたりともすっかりびしょ濡れになっていた。あーあ、ついてない。早く着替えないと風邪をひきそう。

エントランスに入ろうとすると、自転車置き場から歩いてくる正直を見つけた。

「まさくん」

つぐみが言って、正直がよっと手を上げる。

「どうしたんだよふたりとも、この世の終わりみたいなツラして」

「この世の終わりって……あたしたち、そんなひどい顔してる?」

「してるよ、特につぐみ。どうした? 腹でも痛いのか?」

隣のつぐみを見ると、話そうか話すまいか迷っているような顔をしていた。

正直に話したって、なんの解決にもならないと思う。これはつぐみの問題だし、いじめっていう背景があるし、正直は同じ高校ですらない。でもつぐみはよほど追い詰められてたんだろう、正直にも聞いてほしかったのか、こう言った。

「雨ひどいから、エントランスで話そう」

つぐみがエントランスの中を指差して、あたしたちは場所を移した。

つぐみは正直に今日のＨＲでのことを話した。正直は真面目な顔で耳を傾けていて、つぐみが口を閉じた途端、言った。

「話はわかったけど。なんでその西川って女は、つぐみを目の敵《かたき》にしてるわけ？」

「それは……」

つぐみが言いづらそうな顔であたしに助けを求める視線を送る。

「西川さんの好きな人と、つぐみが仲いいからだよ」

「ハァ⁉　そんなことでお前、いじめられてんの？」

「そんなことって……！」

思わず反論したくなるけど言葉が続かない。たしかによくよく考えれば「そんなこと」だ。恋が叶《かな》わない苦しさから、嫉妬に狂って他の女子たちと共謀していじめに走るなんて、ひどく幼稚な行為。高校生にもなって、と思わないこともない。

「そんなの、そいつに好かれようと努力しないお前が悪い、って言っちゃえばいいだろ。つぐみをいじめていい理由になんてまったくなってないんだし」

「あのねえ、そんなこと言ったらもっといじめられるでしょ！　つぐみが本気で悩んでるってわかんない⁉」

「わかるけどさあ。まったく反撃しないで、ハイハイ言うこと聞いてるつぐみにも問題あるんじゃねえの？　舐《な》められてるぞ、お前」

違う、と言おうとしたけれど言葉に詰まった。

実際にいじめられたら、反撃なんてできるわけない。そんなことしようものなら、その倍の力でいじめられるはずだから。でも、つぐみは何も悪いことをしていない。自分をいじめてる人たちの言いなりになんてならなくていいんだ。

つぐみは長いこと押し黙った後、ぽつりと言った。

「傷つけられたからって、傷つけ返していい理由にはならないと思うの」

小さいけど、しっかりと芯の通った声だった。

「ひどいことをされてるのはわかってる。でも、仕返しなんてしたくない。あの人たちと同じレベルに、落ちたくない」

つぐみの強さに、胸が震えた。

つぐみはただ言いなりになってるわけじゃなかった。やり返さないことで、じっと我慢してるふりをしてることで、ちゃんといじめと闘ってるんだ。いかにもつぐみらしい。

にやり、と正直が笑った。

「よし、わかった」

「正直？」

「じゃ、決まりだ。猛特訓だな」

「猛特訓？」

つぐみとあたしの声がハモり、正直はめちゃくちゃいい笑顔でその計画を語りだした。

第八章　封じた想いが蘇る

文化祭一週間前、今日から下校時刻までめいっぱい放課後の時間を使って、各クラスごと、部活ごとで文化祭の準備がはじまる。

窓から校庭を見下ろすと生徒会の子たちが集まって文化祭の立て看板を作ろうと、のこぎりで木材を切る作業をしている。一歩廊下に出れば、どこのクラスからも賑《にぎ》やかな声が聞こえてきて、お祭りの前の楽しいムードが校舎じゅうに漂っていた。

うちのクラスもメイド&執事喫茶の準備中。部活をやってる子はそちらの出し物があるからクラスにはあまり顔を出せないけれど、その他の子たちは自分の係の仕事についているる。あたしが担当する衣装係は、大量の生地《きじ》と向き合っていた。

「すごい量の布だね」

メイドと執事の服に使う黒い生地をメインに、エプロンにするやわらかめの白い生地や、ブラウス用の生地もある。クラス全員分だからすごい量で、まさに圧巻。衣装係のリーダーの子は、手慣れた手つきで生地にチャコペンで印をつけていく。

「出来合いの服を買うより生地を買って作ったほうが安く済むからね。それにサイズとかもあるし」

「いかにも服作るの慣れてるっぽいけれど、なんで?」

「わたしコスプレ趣味だから」

漫画研究会のその子がさらっと言った。コスプレなんてオタク趣味をちっとも恥ずかしがっていないようなその口ぶりが、ちょっと格好いいと思った。

「あんまり時間ないから、今日じゅうに採寸終わらせたい。牧野《まきの》さんたちはクラス全員分のサイズ測って。部活の出し物の準備で出てる子たちは、戻ってきたら測って」

「わかった」

メジャー片手に、まずは佳子《かこ》から採寸する。佳子は採寸されるのが嫌なのか、メジャーを当てられながらずっとぶつぶつ言ってた。

「うう、こんなことならもっと真面目《まじめ》にダイエットしとくんだったー!　ウエストのサイズ大きくなってるかも……」

「大丈夫だよウエストは。それにしても佳子って、意外と短足なんだね?　スカートの丈《たけ》考えないと駄目かも」

「ちょっと柚葉《ゆずは》、はっきり言いすぎ！」

佳子がむくれて、あたしと沙裕《さゆ》はそれを見てぷぷっと笑った。

次は沙裕の番。沙裕は背が高くて胸も大きいし、脚もすらっとしてる。スタイルいいからメイド服もきっと似合うんだろうなあ、そんなことを考えながら採寸した。

「いいなあ沙裕は胸大きくて」

「まだまだこれからじゃない？　あたしたち高校生だし」

「いや、十七で、これから爆発的にどーんと出てくることなんてないでしょ」

「胸の大きさなんて結局遺伝だしねー」

「そこ、真面目にやる！」

騒いでいたら漫画研究会の子にびしっと怒られてしまった。三人そろってしゅんとしてごめんなさいと言って、最後に佳子にあたしを採寸してもらう。こういう時、痩《や》せてほんとによかったと思う。「デブブス」のままのあたしだったら、メイド喫茶なんて猛反対しただろう。デブのメイドなんて、よほどのマニアじゃない限り受け入れてもらえない。豚みたいにぶくぶく太った子がメイドの格好なんてしたら、笑いものだ。

そんなふうに考えちゃうから、つぐみの気持ちもわかる。自分に自信を持てないうちは、目立つことなんてしたくない。あたしだって痩せるまで、短いスカートを穿《は》いたり髪を染めたりメイクしたり、そういうこと思いつきもしなかった。

「柚葉、どうした？」

暗い気持ちが顔に出ていたのだろう、佳子が不思議そうに言う。

「ううん、なんでもない。それより他の子も測らなくちゃね」

教室にいるみんなの採寸をどんどん済ませていく。あれだけメイド&執事喫茶に反対していた男子たちも、覚悟を決めたのか潔《いさぎよ》く採寸させてくれた。むしろ今はみんな、メイドや執事になるのが楽しみでしょうがないって感じだ。なんだかんだ、コスプレはいかにも文化祭、お祭りって感じで心が躍《おど》る。

「じゃ、俺も頼む」

目の前に立った純晴《じゅんせい》くんが両手を広げる。あたしはメジャーを手にしながら少し身を固くする。

「じゃ、失礼します……」

すぐ近くにある純晴くんの顔を見ないようにしながら、手早くメジャーを当てた。制服ごしでも、純晴くんに触れるのははじめてだ。いやでも心臓が高鳴ってしまう。

こんなふうにドキドキしてしまうあたり、やっぱりまだ純晴くんを忘れられていないんだと思う。佳子が気を遣《つか》ってくれてこの前、幸也《ゆきや》くんの友だちと沙裕と六人で遊んだけれど、そこで出会った人にぜんぜんときめかなくて、連絡先を訊《き》かれても断ってしまった。男子に厳しい沙裕のほうがむしろ乗り気でＩＤを交換した人がいて、今でもどんなやり取りをしてるのかって話してくる。そんな沙裕をうらやましいと思いつつ、あたしはまだ、新しい恋ができないでいる。

純晴くんとつぐみを応援するって決めたのに、この気持ちには蓋《ふた》をしなきゃいけないのに。恋心は自分でもびっくりするほどしつこくて、ふとしたはずみで顔を出してはあたしを苦しめる。

「終わったよ。ありがとう」

心臓の鼓動を速めながら採寸を終える。恥ずかしくて純晴くんの顔が見れない。今のあたし、きっとトマトみたいに真っ赤だろうから。純晴くんはあたしの気持ちを知ってるし、それだけに気まずい。

「あのさ、牧野」

「何？」

純晴くんが抑えた声で言った。

「江川《えがわ》のこと、気にならないか？」

ああ、純晴くんが気になるのはやっぱりつぐみのことなんだ――と沈んだ気持ちになりながらもうなずく。

「ちょうど今、練習中だろうね。劇なんだから」

「練習中にいじめられたりしてないかな」

純晴くんは眉を八の字にして、つぐみのことを心から想っているのがわかった。

「後でちょっとクラス抜けて、江川のクラス行ってみないか？　俺、いてもたってもいられなくて」

「いいよ。あたしも心配だし。一緒に行こう」

こうしてそれから二十分後、あたしと純晴くんはさりげなく教室を出て、つぐみのクラスに向かっていた。つぐみはここまで自分を想ってくれる純晴くんのこと、どう思っているんだろう。あたしが見ている限りつぐみは純晴くんの前できらきらの笑顔をしてるし、実は好きだったりするのかもしれない。純晴くんのこと好きなの？　なんて怖くて訊けないけど。つぐみもつぐみであたしに遠慮して、ほんとは好きなのにぜんぜん好きじゃないって言ったりしそうだ。

「よーし、シーン十からもう一度！」

つぐみのクラスに来ると、やはり劇の練習中なんだろう。廊下までそんな声が聞こえてくる。あたしと純晴くんは教室の後ろの小窓からひっそりと中の様子を窺《うかが》う。教室の前方、黒板の前につぐみとロデオ役だろう、長身の格好いい男の子が立っていた。

「ああロデオ、どうしてあなたはロデオなの」

つぐみの台詞《せりふ》だ。創作劇らしいけど、この台詞は元ネタそのままらしい。それにしてもつぐみの顔はまずいものでも食べたみたいに引《ひ》き攣《つ》っている。本番じゃないけど、みんなの前に立つだけで緊張しているんだろう。

「ストーップ！　ストップ！」

ぱんぱん、と手を打つのは西川《にしかわ》さんだった。相変わらず女王様のような貫禄《かんろく》で、つぐみに歩み寄る。

「江川さん駄目！　ぜんぜん駄目！　すっごい棒読みだし、それになんなのその表情！　ジュリエッタの気持ちにちっともなれてないじゃん！　顔が残念なのは今さら仕方ないけど、せっかく主役にしてやったんだから真面目にやってよね！」

な、何それ。顔が残念とかみんなの前でひどいこと言ってるし、しかも主役にしてやった、だって⁉　つぐみが嫌がってたのに、無理やり主役にしたのはあなたじゃないの‼

つぐみがわかりやすくしょげた顔をする。そんなつぐみに追い打ちをかけるように、西川さんの取り巻きの女子たちもナイフのような言葉を投げる。

「クラスでやる劇なんだから、真面目にやってくれないと迷惑なんですけどー！」

「貴重な放課後使って、練習に付き合ってるあたしたちの身にもなってよね！」

「江川さん、自分がみんなの足引っ張ってるってわかってる？」

つぐみはこういう時、強気に言い返せる子じゃない。泣きそうなのを必死で堪《こら》えてる表情に怒りが募《つの》っていく。こんなふうにみんなの前でつるし上げていじめるなんて、最悪だ。

純晴くんがドアに手をかけようとしたのを、あわてて止めた。

「駄目だよ、純晴くん」

「なんでだよ」

純晴くんは憤《いきどお》りを隠さない顔をしていた。無理もない、これは予想以上にひどい。

「江川があそこまでひどいことされて、黙ってなんていられないだろ。俺がびしっと言ってやる」

「だから、男子が女子のいじめを仲裁しようとするのが無茶だって！　純晴くんが帰った後、つぐみがもっとひどい目に遭《あ》わされるかもしれないよ？」

「それは……そうかもしれないけど。でも、このまま放っておくなんて、俺……」

純晴くんの顔が苦しそうに歪《ゆが》む。好きな子を助けたい、何かしてあげたい。そんな気持ちが痛いほど伝わってきたから、あたしは秘密にしていたことを言うことにした。

「家に帰った後つぐみの家で猛特訓するから、純晴くんも来る？」

「猛特訓？」

　純晴くんが不思議そうに言って、あたしはこくりとうなずく。

「あたしとつぐみの幼馴染《おさななじみ》で、正直《まさなお》って子がいるんだけど。彼に話したんだ、文化祭の劇でつぐみが無理やり主役にされたって。そしたら正直、言ったの。三人で猛特訓して完璧な演技をして、本番で西川さんの鼻をあかしてやろうって」

　純晴くんが大きく目を見開いた。

　正直らしい提案だと思った。やり返すとかそういうやり方じゃなくて、鼻をあかす。それって、すごく気持ちいい復讐じゃないかって。つぐみもあたしも、二つ返事で了承した。

「たしかにそれ、いいかもな」

「でしょ？」

「わかった、俺も協力する」

　純晴くんの瞳の奥が静かに燃えている。つぐみを救ってやりたい、という情熱の炎。

　好きな子のためにそんな目をするんだな、と考えてしまって、胸のなかにひゅうと冷たい風が吹いた。


　下校時刻いっぱいまで準備に費やし、つぐみと純晴くんと三人で学校を出た時は、秋の短い日はとっぷり暮れていた。空気も昼間よりひんやり冷たくて、風が吹くたびブレザーのなかで身を縮める。耳を澄ますとリーン、とどこからか虫の声がした。

「つぐみ、これから練習なんて本当に大丈夫？　疲れてない？」

「わたしは大丈夫。それより、ゆずちゃんと阿久津《あくつ》くんのほうこそ疲れてるんじゃないの？　メイド＆執事喫茶とか、準備も大変そう」

「俺はぜんぜん大丈夫だよ、そんなに大変なことしてないし」

好きな子の家に行けるのがうれしいのか、純晴くんの声はいつになく明るかった。あたしがどう思っているかに拘《かか》わらず、ふたりがくっつくのは時間の問題なんじゃ、と思う。いいんだ、もう。寂しいけれど、悲しいけれど、邪魔なんて絶対しない。応援するって決めたんだもの。何度自分に言い聞かせたかわからない言葉を、また胸の中で繰り返す。

つぐみの家につくと、玄関の前に正直がいた。正直に純晴くんのことは話してなかったから、正直が純晴くんを見て少し驚いた顔をする。

「この人、うちのクラスの阿久津純晴くん。あたしたちの計画知って、協力したいんだって」

あたしからそう紹介すると、純晴くんがぺこっと頭を下げる。

「今日はよろしく」

「俺は神崎《かんざき》正直。よろしくな」

　正直はしばらく、純晴くんの顔をじろじろ見ていた。こいつがあたしをフッたやつなのか、つぐみを好きなやつなのか、て感じの顔。うう、すべてを知られているだけに、気まずくて仕方ない。

「とりあえず中、入ろ」

　何かを察した様子のつぐみが言って、自分の部屋に通す。正直は落ち着いているけれど、純晴くんは少し居心地悪そうにしていた。女の子の部屋に入るのなんて、もしかしたらはじめてなのかもしれない。

「ごめんね、お菓子とかなんにもなくて。後で買いに行こう」

　そう言ってつぐみが紅茶を淹《い》れて持ってきた。外が少しひんやりしてたから、あったかい紅茶が胃に染《し》みる。飲んでいる間も、純晴くんだけなんだか決まりが悪そうだ。

「お前も執事やんの？」

　正直が純晴くんに声をかけた。純晴くんが小さくうなずく。

「ああ。男子全員で執事やるってことになっちゃったからな」

「お前の執事姿とか、女子がキャーキャー言いそうだな。つぐみの劇だってちょっと見てみたいし。なあ、俺も当日行っていい？」

「ぜ、絶対駄目ー‼」

　つぐみがこの子には珍しいくらいの大きな声を出す。想像しただけで恥ずかしいのか、顔が真っ赤になっていた。

「まさくんに見られるなんて、恥ずかしすぎる！　阿久津くんも駄目だよ！　わたしのクラスの劇は、絶対に見に来ないで！」

「なんでだよ。つぐみの晴れ舞台、見てみたいじゃん」

「晴れ舞台になんてならないから！　恥さらしだから！」

「そうならないために、今日ここに集まったんだろ？」

　正直が紅茶のカップ片手ににっと笑う。笑った時に唇の端から少しだけ覗《のぞ》く銀歯がかわいくて、久しぶりに正直にちょっとときめいた。

「つぐみだって俺の計画に乗ったってことは、このままじゃいけないってわかってるってことだろ？」

「う、うん」

「意地悪な女子をぎゃふんと言わせてやりたいって思わねーのかよ」

　ぶっと思わず噴き出してしまった。だって、ぎゃふんって。今どき言葉のチョイスが古すぎる。

「おい柚葉、そこ笑うとこじゃないだろ」

「ごめんごめん。でもぎゃふん、って他に何か言い方ないの？　昭和の言葉じゃない？」

「じゃあこういう時なんて言えばいいんだよ」

「わかんない。あたし、語彙力《ごいりょく》ないから」

「吠え面《ほづら》をかかせる、とかあるぞ」

読書家の純晴くんが言った。吠え面をかかせるなんてはじめて聞く言葉だけど、ぎゃふんと言わせる、と似たような意味だろう。

「弱い犬ほどきゃんきゃんよく吠えるんだ。あの西川は、弱い犬みたいなものだと思う。派手だし、周りにいつもたくさん取り巻きはべらせてるし、一見強くて自信がありそうに見えるけれど、案外ああいうタイプに限って、自分の見た目とか地位とか、そういうものに固執《こしゅう》するしかないくらい弱いんだよ」

純晴くんの言葉にどきりとした。あたしも同じようなものなんじゃないか、って思ってしまったから。「デブブス」だったから、かわいくなりたいって気持ちが強かったから、めちゃくちゃ努力してかわいくなった。だからこそ、自分の見た目や、スクールカーストの上位って地位に固執していたのかもしれない。佳子や沙裕と一緒にいるのも、見た目がいい子といたいっていう邪心がないわけじゃない。地味なつぐみを避けていたのが、その証拠だ。

　あたしと西川さんと、いったい何が違うんだろう。あたしだってつぐみにひどいことをしたし、西川さんを咎《とが》められるほどえらい立場だろうか。

「弱い犬の吠え面、かかせてやろうよ、江川」

　純晴くんがつぐみに言った。その声も瞳もあたたかくて、あたしに向けられるものとはぜんぜん違っていて、今まさに本当の意味で失恋してしまったように思った。

「うん、がんばる」

　つぐみがうれしそうに言う。純晴くんの言葉が琴線《きんせん》に触れたのか、目が少し潤《うる》んでいた。

「よし、やるぞ、練習」

　正直がそう言いながら立ち上がった。

　劇の練習はなかなか大変だった。近くで見てみるとつぐみの大根ぶりは想像以上だったし、何度同じシーンをやらせてもうまくいかない。みんなで気づいたことを言い合ったけれど、つぐみは指摘されたことをどう改善すればいいのかわからないようだ。無理もない、あたしたちもつぐみも、演技の素人《しろうと》なんだから。

「あー、俺、もう疲れた」

　言い出しっぺの正直が台本片手に、ごろんとつぐみのベッドに横になった。年頃の女の子のベッドにためらいなくダイブするなんて、正直らしいというかなんというか。

「もう、正直が猛特訓するって言ったんでしょ！　もうちょっとがんばってよ！」

「だって何度も何度も同じ台詞言わなきゃいけないし、さっきからちっとも進んでねえじゃん」

「それはつぐみだって同じなんだから、文句言わないの！」

「俺が代わろうか」

純晴くんが正直の手から台本を取った。つぐみが大きく目を瞬《まばた》かせ、純晴くんを見つめる。

「できるの？　阿久津くん」

「いや、俺も下手《へた》だと思うけど……正直ばっかり大変そうだからさ。俺も江川に、立派に主役演じきってほしいし」

「ありがとう、阿久津くん」

言ったつぐみの頰がほんのり赤らんでいた。純晴くんも照れた顔をする。

純晴くんがつぐみの相手役のロデオになった途端、つぐみの表情が変わった。好きな人を見つめる、恋する乙女の顔になる。出てくる台詞にも、さっきまでにはない熱がこもっていた。

「ああロデオ、どうしてあなたはロデオなの」

つぐみが純晴くんを見つめる。純晴くんがつぐみを見つめる。二人の熱っぽい視線が重なり、甘い雰囲気が空気を見えないピンク色に染めていく。

華やかな本番の衣装を着ていなくても、つぐみと純晴くんは完璧に物語の中の、愛し合う二人だった。

純晴くんを前に演技するつぐみの姿に、自分の小ささを知る。つぐみが地味だから、見た目に気を遣わないから馬鹿にしてたなんて、すごく子どもっぽい愚かな考えだった。ずっと幼馴染みとして近くにいたのに、あたしはつぐみの何を見ていたんだろう。つぐみはメイクなんかしなくても校則通りの地味な着こなしのままでも、内面からきらきら輝いている。つぐみの心の美しさがそうさせている。

あたしはつぐみに負けて、そしてこれから一生勝てる気がしない。


一時間ほどみっちり練習して、休憩を入れた。正直が何か食べたいと言いだし、つぐみがコンビニまで買い出しに行くと言った。純晴くんが夜に女の子ひとりは危ないと言って、ふたりで出かけていった。だから今は、つぐみの部屋に正直とふたりきりだ。

「つぐみもさ、純晴くんのこと好きなんじゃないかって思うんだよね」

自分でもむなしく聞こえるあたしの声。スマホをいじっていた正直が顔を上げる。

「なんでそう思うんだよ」

「なんとなく。つぐみ、正直以外の男の子は苦手なのか、距離置きがちじゃない？　でも純晴くんとは楽しそうに話してるし、さっきの劇の練習だって、純晴くんがロデオ役やりだした途端急にうまくなって……」

あたしも女だから、恋する女の子の顔はわかるつもりだ。好きな人に注ぐ熱っぽい眼差《まなざ》しとか、ほんのり赤くなった頬とか。つぐみが純晴くんに向ける表情は、まさにそんな感じだ。

はあ、と我知らずため息が漏《も》れる。

「まだ好きなのか？　あいつのこと」

正直が言った。嘘のつけないまっすぐな目で、あたしを見つめながら。

「好きじゃない、って言ったら嘘になる」

だってすごく久しぶりの、本当の恋だったんだもの。

顔から入った、安易なひとめぼれではあったけれど、あたしは真剣だった。純晴くんに振り向いてもらえるならどんなことでもしよう、そう思えるくらいには夢中になってた。

気づけばいつも純晴くんの姿を目で追ってたし、ひとりの時もふと頭の中に純晴くんの顔が過《よぎ》るほどだった。

　そんなに真剣な恋を、失恋したからって簡単に忘れられるわけがない。失恋って、よく考えたら変な言葉だ。叶《かな》わない恋はあっても、簡単に失《な》くなる恋なんてあるだろうか。

「最近ね、つぐみに負けたんだなって、事あるごとに思う。小さい頃から運動会のかけっこでも、みんなで遊ぶ時も、つぐみに負けたことなんてなかったのに。でもあたし……負けたんだ。純晴くんがつぐみを選ぶのは、仕方ないよ。つぐみはあたしにない魅力をいっぱい持ってるもん。本の話ができるところとか、真面目でしっかりしててやさしいところとか。見た目ばっかりこだわってたあたしは、自分の中に好きな人を振り向かせる力がなかった」

「恋って勝ったとか負けたとか、そういうもんじゃねえだろ」

　いつになく力強い言葉にはっとした。つぐみのベッドにだらしなく寝転んでいた正直が、身体を起こしてこっちを見ている。

「恋ってマッチングするかどうか、じゃねえの？」

「マッチング？」

「そう。たまたま、あの純晴にはつぐみが魅力的に見えたってだけだろ。どんな人にもいい部分も悪い部分も両方あるし、いい部分が目に留まって好きになるかは、タイミングもあるし運しだいだと思う。つまり純晴にはたまたま、つぐみがお前より魅力的な女に見えたってだけだよ。それは柚葉にはどうしようもできないことだし、勝ったとか負けたとか、そういうことじゃねえよ」

「なるほど、ねえ……」

「今は失恋して自信なくしてるかもしれねえけど、俺は柚葉にもいいところたくさんあると思うぞ。今だって、友だちのつぐみのために一生懸命やってるじゃん」

「それは、正直が発案者じゃない」

「でもつぐみはいわば、お前の恋のライバルだろ。そんな相手にやさしくするのって、なかなかできることじゃねえと思うけど」

あたしがつぐみにやさしくするのは、ただの罪ほろぼしだ。万引き犯の汚名をつぐみに着せて、純晴くんを幻滅させるっていうひどいことをたくらんでいたんだから。

でも、正直にそんなふうに言ってもらえるのは悪くない。

「彼女いない正直に恋愛語られてもね」

素直にありがとうと言えないのは、幼馴染みゆえか。正直が軽く頬をふくらました。

「悪いな、彼女いなくて。言っとくけど、俺が彼女作らないのは理由があるから」

「何それ」

「今は、言えない」

「ふーん？」

どうせ大した理由じゃないだろう。だって正直って、理想高そうだもん。アイドル級の美少女じゃないと付き合いたくないとか、そういうこと考えていそうだ。

「言っとくけどさ。あたしだって、１００パーセントの気持ちでつぐみを応援できてるわけじゃないよ」

「そりゃそうだろ、お前は今でも純晴が好きなんだから」

「どうしても思っちゃう。なんであたしじゃないんだろうって。純晴くんの好きな人は、なんでつぐみなんだろうって。あたしだって、がんばったのに」

本当は嫌だけど染めた黒髪。すっぴんに近い顔で学校行って、純晴くんの趣味に合わせて興味もない本を読んで。あれだけがんばったのに、報《むく》われなかった。正直の言うとおり、恋は運とタイミングだろう。そうはいっても、やっぱりつらい。

「この先もし純晴くんとつぐみが付き合いだしたら……あたしは、ほんとに祝福なんてできるのかな。おめでとうって言ってあげられるかな」

「柚葉……」

「今はふたりが一緒にいるところを見るだけで、どうしてもつらい」

ぽろっと涙がこぼれて、後は止まらなくなった。喉《のど》の奥がじんと熱い。叫びだしたい強い感情で、心臓が暴れ回っている。正直がベッドから下りてあたしのところに来て、肩をそっと抱いた。

「いいよ、思いきり泣いて。あのふたり、まだ帰ってこないだろうから」

「ありがとう、正直」

あたしは正直の胸にしがみついた。

小さい時はぺらぺらだった正直の胸にはいつのまにか頼もしい筋肉がついていて、ほんのり汗のにおいがした。そのにおいに安心したのか、洪水のように涙が出てくる。

つらい。悲しい。苦しい。

あたしの中の黒々とした感情が次々と涙になって、正直のシャツを濡らした。

ひとしきり泣いた後、タイミングよくつぐみと純晴くんが帰ってきて、四人でお菓子や唐揚げをつまんだ。あたしの目はきっと赤くなっていただろうけど、つぐみも純晴くんも気づかないふりをしてくれた。それからまたしばらく練習して、純晴くんと正直が帰っていって、つぐみとふたりきりになったところ。あたしは台所で、つぐみと一緒に食器を片付けている。

「もう十一時だね。ゆずちゃん、大丈夫？」

「うん。お母さんにはちゃんと言ってあるから」

そっか、とつぐみがうなずいてお菓子が入っていたお皿に洗剤のついたスポンジを当てる。その仕草が主婦っぽくて、つぐみには家庭的な魅力もあるんだな、と思った。

「ねえつぐみ」

「うん？」

「純晴くんのこと、好きなの？」

ふたりの間の空気が固まった。つぐみは答えない。流れる水がシンクを叩く音が、無言のなかに広がる。何も言わないことこそが、答えだった。

「純晴くんと一緒にいるつぐみ、恋する乙女の顔、してるよ。自分じゃ気づいていないかもしれないけど」

「……」

「好きなら好きだって、ちゃんと言ってほしい。あたしはもう、あきらめたから。純晴くんのこと」

あたしはそう言ったのに、つぐみは純晴くんを好きだとは言わなかった。代わりに泣きそうな顔で、こう言った。

「ごめん、ゆずちゃん」

「なんで謝るの？」

「わたし、ゆずちゃんが悲しい顔するのがいちばん嫌なの。ゆずちゃんはいちばん大切な友だちだから、ゆずちゃんにはいつも笑っていてほしい。なのに気持ちを抑えられなくて……」

やっぱりつぐみはつぐみだった。控えめで遠慮がちで、自分の気持ちはいつも後回し。昔からこういう子だった。いちばん大切な友だち、それはあたしだって同じなのに。

「ゆずちゃん、本当にごめん」

涙のふくらんだ目で言うつぐみの背中に、そっと手を当てる。

「謝ることじゃないよ。恋ってマッチングするかどうか、だから」

「マッチング……？」

「そう。純晴くんにはたまたま、あたしじゃなくてつぐみが、好きになるに値《あたい》する魅力を持ってる女の子に見えたってだけ」

やだこれ、正直の受け売りじゃん。そう思ってちょっと笑ってしまう。

「それは運しだいだし、タイミングもあるし、あたしにもつぐみにもどうにもできないんだよ。恋の神様が決めること、ていうの？　だからあたしが失恋したからって、つぐみが純晴くんを好きになったからって、つぐみが罪悪感を持つことなんてちっともない」

「ゆずちゃん……」

「まあ、純晴くんと付き合うことになったら報告くらいはしてほしいな」

と言って、つぐみの背中をぽんと叩く。つぐみは耐えられなくなったのか大粒の涙をひとつこぼしながら、うなずいた。

つらいのはあたしだけじゃなかった。つぐみだって、純晴くんに惹《ひ》かれていく自分の気持ちをどうしようもできずに、あたしへの罪悪感に震えていたんだ。自分だけが幸せになっちゃ悪いって、あたしに後ろめたい気持ちがずっとあった。

あたしって自己中だな。つぐみがどういう気持ちでいるか、ちゃんと考えようともしていなかったんだから。

「ねえ、ゆずちゃん」

涙が収まってから、つぐみが口を開いた。

「何？」

「ゆずちゃんは、まさくんのことどう思ってるの？」

「どうって」

「わたしは、ゆずちゃんはまさくんのことが好きだったんだと思ってるけど」

つぐみのするどさにびっくりした。あたし、正直が好きだって誰にも、もちろんつぐみにすら言ってなかった。あたしの初恋はいつかわからない頃から空の雲みたいにふわっと芽生えて、そして風に流されるように儚《はかな》く消えていった。その時の微妙な心の動きにつぐみは気づいていた。

「たしかに、あたしの初恋は正直だったよ。でも」

「でも？」

「正直、言ってたんだ。あんなブス、好きになるわけないって」

中学の時のことを話した。あたしが失恋して、不登校になるきっかけになったあの出来事。あんな冷たい言葉であたしへの気持ちを否定する正直に、万に一つでも想いが通じる可能性なんてない。だからあきらめたんだ、今さら正直のことなんてどうでもいい。

つぐみは黙ってあたしの言葉に耳を傾けた後、あたしの目をまっすぐ見て言った。

「それ、まさくんの本当の気持ちじゃないと思う」

「本当の気持ちじゃ、ない……？」

「まさくん、ずっとゆずちゃんのこと好きだもん」

とんでもないことを言われて、息が詰まった。正直があたしのことを好き？　そんなわけがない。

「何言ってるの？　つぐみ、あたしの話聞いてなかった⁉　正直、ひどいこと言ったんだよ」

「それは……男の子って、女の子よりプライド高いんじゃないかな。みんなに馬鹿にされてる子が好きだなんて、正々堂々言えないと思う。もしわたしがまさくんの立場でも、そう言ったかも。とにかく」

つぐみが声に力を込める。

「わたし、小さい頃からずっと二人を見てきたからわかる。まさくん、ゆずちゃんのこと好きだよ」

「それ……正直がつぐみにそう言ったの？」

「そういうわけじゃないけど。でもまず、間違いないよ」

半信半疑だけど、でもなんだかドキドキしてきた。正直が、あたしを好き……？　そう思うだけで、心の奥深く、鍵をかけて封じていた想いが甘く疼《うず》く。別に告白されたわけでもなんでもない、つぐみがそう思ってるだけのことなのに。

「まさくんの想いにも、ちゃんと向き合ってほしいな。まさくんが彼女を作らないのも、きっとそのせいだと思うから」

つぐみらしいやさしい言葉に、あたしは小さくうなずいた。

「おかえり。夕飯は自分であっためてね」

家に帰ると既《すで》にパジャマに着替えたお母さんが迎えてくれた。ダイニングテーブルの上にはコロッケが並んだお皿にラップがしてある。

「あんまりお腹空《なかす》いてないから」

「あらそう。お風呂は入る？」

「うん」

お母さんがお風呂の追い焚《だ》きボタンを押す。つぐみの「まさくんはゆずちゃんが好き」発言がまだあたしを動揺させていて、頭がふわふわする。

「あのさ、お母さん……」

「ん、何？」

「……いや、なんでもない」

お母さんに何を言ってほしかったのか自分でもわからない。親に恋愛の相談なんてできるわけないのに。お母さんは訝《いぶか》しげな顔をして、それからぷっと笑った。

「何よ、変な子ね」

それだけ言って、お母さんは寝室に行ってしまった。

まもなくお風呂が沸いて、四十二度の湯舟に身体を沈める。ぼうっとしようとすると、正直の顔が浮かんでくる。いろんな正直が瞼《まぶた》の裏で笑っていた。幼稚園の時、つぐみと一緒に遊んだ正直。中学校の時、サッカーに興《きょう》じる正直。ついさっき、つぐみの練習で素人なりに一生懸命意見を述べようとしていた正直。泣くあたしを慰《なぐさ》めてくれたやさしい正直。

そんな正直のなかに、本当にあたしへの気持ちがあるんだろうか。

「信じられないよなあ……」

口ではそう言いつつも、ドキドキしていた。もし正直があたしを好きだったら、あたしは正直をあきらめなくてよかったんだ。正直を好きでいていいんだ。つぐみは正直のどういうところを見て、あたしを好きだと思ったんだろう。つぐみはいい加減なことは言わない子だから、ちゃんとした根拠があるはずだ。

正直の気持ちが知りたい。

どきんどきん、静かに高鳴る胸の奥で、そんな気持ちがふくれあがるのを抑えられなかった。

第九章　好きなのは、あなた自身

文化祭当日、メイド&執事喫茶は大盛況だった。

いざ衣装が出来上がってみれば、コスプレを恥ずかしがってた子たちもノリノリで袖を通し、これ結構イケてるじゃんとみんなで写真を撮り合ってわいわい騒ぐ。開店すると、思いの外《ほか》多くのお客さんで教室は賑《にぎ》わった。他校の子も多い。メイドも執事もお客さんと一緒に座って接客してるから、喫茶というよりキャバクラ状態になってしまって、あちこちでメイドさんを口説いたりＩＤを交換したり、即席のカップルが出来上がったりしている。

「ちょっと柚葉《ゆずは》ー、何スマホばっか見てんのよ」

正直《まさなお》から「ついたよ」の連絡が来ないか、スマホを気にしているのを佳子《かこ》に指摘された。

つぐみはさんざん嫌がってたけれど、結局正直は今日来ると言っている。

「ごめん。ちょっと知り合いがさ、今日来るって言ってて」

「ふーん？　知り合い、ねえ。もしかして男？」

「そうだけど……」

「おおお！」

佳子が大げさな声をあげて、ばしっと背中を叩いた。ちょっと痛い。

「ついに柚葉に新しく好きな人かー！　がんばってよ！」

「ちょ、そ、そんなんじゃ……」

「そんなんじゃなかったらなんなのよ」

言葉に詰まる。正直はあたしのなんなのだろう。つぐみから正直の気持ちを聞いたあの日以来、どんどん正直のことを考える時間が長くなっていってる。かつて正直に片想いしていた時と同じ状態に戻りつつある。

あたしは再び、正直を好きになってしまったんだ。

「どんな人？　かっこいい？」

「いや……普通だと思うけど」

「ふーん？　柚葉はメンクイだからなあ」

「何それ」

そりゃ、純晴くんの時は完全に顔で好きになってたけど、今は違う。

あたしが好きなのは正直の顔かたちじゃなくて、正直自身。あいつの、思ったことをすぐ口に出すさっぱりしたところとか、いつもいちばん近くであたしに寄り添ってくれるところとか。そんな正直が、すごく愛《いと》しい。

だから今日、正直に会えたらすると決めていることがある。

「がんばってよねー。うまくいったら一緒にダブルデートとかしよ」

佳子がにやっと笑って言って、笑顔を返す。

ダブルデート、かあ。本当にいつか、そんな日が来るのかもしれない。あたし、やっと思いきれた。

今隣にいたいのは、純晴《じゅんせい》くんじゃなくて正直だ。

「ちょっとお客様、困ります！」

テニス部の女子の張りつめた声がして、そっちを見るとありえない顔があった。

「康司《やすじ》……！」

あの日、カラオケで会った以来の康司が、友だち二人を引き連れて接客スペースに座っている。両腕にメイドさんの肩を抱いて、女の子はものすごく嫌そうな顔をしていた。でも康司はどこ吹く風って感じ。

「お、柚葉じゃん。このクラスだったんだ」

「何しに来たのよ」

意識してするどい声を出した。康司の友だちが舐《な》めるような目であたしを見る。

「へーこれが康司の元カノ？　かわいいじゃん！」

「スカートみっじかー。どうなってんの？」

「ちょっと、やめてよ！」

当たり前のような手つきでスカートをめくろうとする康司の友だち。なんなの、この人たち。康司もなんで文化祭にやってきたりするんだろう。とっくにあたしたち、終わってるのに。

「いやあ、柚葉と仲直りがしたくてさあ」

黄色く変色した八重歯《やえば》を覗《のぞ》かせながら、悪びれずに言う康司。この前あたしにひどいことをしたのを完全に忘れてるみたいだ。

「そんで、そのまま元サヤに、みたいな？　俺、やっぱ柚葉が好きでさあ。もう一度付き合いたいんだわ」

ぞぞ、と寒気《さむけ》が走る。付き合ってた頃はかっこいいと思っていた康司に対して、今は嫌悪感《けんおかん》しか覚えない。

「ほら、そんなとこ突っ立ってないで、こっち来ようぜ」

康司の手があたしの腕をつかみ、引っ張られる。抵抗しようとするけれど、男の力には敵《かな》わない。

「メイドさんだろー？　隣に座って接客するんだろここ。接客してくれよ、俺らお客さんだぜ」

「あんたなんか客じゃない！　出禁よ出禁！」

「へえ、言ってくれるじゃん」

にやりとスケベオヤジみたいに笑う康司の手から逃れようとするけれど、康司の友だちに取り押さえられてしまう。テニス部の女子や他のクラスメイトも怯《おび》えてる。

どうしよう、と思ったら目の前に別の人影が立ちふさがった。

「お前らいい加減にしろよ。嫌がってるだろ」

聞き間違いかと思った。

あたしが今いちばん好きな声――正直だった。

瞬間移動みたいにすっと現れたのでどこから出てきたのか不思議だったけど、あたしの腕をつかんでいる康司の手を難なく振り払う。さすがサッカーで鍛えてる正直、力は強い。

「なんだよお前、いきなり現れて」

康司とその友だちが正直を睨《にら》みつける。正直はまったく臆さない。

「柚葉を大切に想ってる男だよ」

ちっとも恥ずかしがらずに正直はそう言って、胸がじんとしびれる。ハア⁉　と康司が声を荒らげる。

「俺はただ、柚葉と元サヤに戻りたくて話してるだけだよ、邪魔すんな！」

「柚葉はもうお前とそんな関係になる気はないってわかんねえの？」

正直はあくまで冷静だった。いつもどおり、ストレートな物言いだから聞いてるこっちがはらはらしてしまう。

「柚葉とお前が付き合ってたの知ってたよ、俺、柚葉と同じマンションだから。一緒にいるお前ら、何度も見た」

「だからなんだってんだよ」

「お前みたいなつまらない男に、柚葉は渡さない」

ひゃお、と近くにいたテニス部の女子が小さく声をあげる。漫画のヒーローみたいな台詞《せりふ》にあたしの頬も熱くなった。

「どうせお前、柚葉のこと大切にできてなかっただろ？　だから柚葉は離れていったんだよ。お前見てたらわかる。柚葉はもうお前のことなんとも思っちゃいねーって、いい加減認めろよ」

「な、なんだよお前……」

康司が肩をわなわな震わせてる。今にも正直に殴りかかるんじゃないかと思ってひやひやしてしまう。

「康司」

かつて付き合っていた人の名前を呼ぶ。康司がこっちを見る。

「正直の言うとおり。どれだけ頼まれても、あたしはもう康司と付き合う気はない」

「柚葉……」

「それに、康司だってちゃんとあたしのこと好きなわけじゃないでしょ?」

康司があたしと付き合ってたのも、今これだけ執着するのも、純粋な「好き」からじゃないって知ってる。

見た目がそこそこいい子だったら、誰でもよかったんだろうから。

ち、と康司がつまらなそうに舌打ちして立ち上がった。

「行くぞ」

「え、なんだよおい」

康司はそそくさと教室を出ていって、後に友だちが続く。そしてあたしと正直は、わあっとクラスの子たちに囲まれてしまった。

「ちょっとー今の何？　すごいかっこよかったー！　まるでドラマみたい！」

「柚葉ってば、こんな格好いい人と知り合いなの？　うらやましー！」

口々に賞賛する女子たち。正直もまんざらでもなさそう。たしかに今の正直はカッコよかったけど、ちょっと女子に褒《ほ》められたからってデレデレしちゃって、気に入らない。うーん、これは嫉妬なんだろうか。

「ていうか正直、なんでこんなに早く来たの？　つぐみのクラスの劇まで、まだ時間あるけど」

「ああ、メイド&執事喫茶っていうからさ。メイド姿の柚葉、ちょっと見てみたくて」

後半は恥ずかしいのか、もごもごとした声になった。つられてあたしも恥ずかしくなる。

衣装係のリーダーの子がはりきっちゃって、あたしのメイド服はかなりのミニ丈だ。下にペチコートを穿《は》いているとはいえ、かなり挑発的な格好だと思う。

「ゆーずーはー！」

佳子と沙裕《さゆ》に両側から挟まれる。二人は正直に好奇心を隠さない目を向けていた。

「こんにちはー。柚葉がいつもお世話になってますー」

「はあ、どうも……」

呆気《あっけ》に取られてる正直。佳子が耳に口を寄せてくる。

「ちょっとあれが、柚葉の好きな人？　めっちゃカッコいいじゃん！　もー、柚葉も隅に置けないなあ」

「そんなにカッコいいかな……？」

サッカー部のエースでモテてるのは知ってたけど、顔だけでいえば正直はそこそこだと思ってた。でもそれって、幼馴染《おさなじ》みだから過小評価してたのかも。他のクラスの女子たちも、突然現れた正直に色めきだってる。

「カッコいいよー！　柚葉、好きなんでしょ？　あの人のこと」

「まあ、うん、それは……」

「だったら、ここはあたしと沙裕に任せて！　二人で一緒に回ってきなよ！」

佳子が胸を張って言う。隣で沙裕もにまにましてる。そのままあたしは背中を押され、正直と共に送り出されてしまった。

「いいのか？　クラスの出し物、手伝わなくて」

「正直もお客さんだから」

「まあ、そっか」

さっきクサいことを言ってしまったのが恥ずかしいのか、少しぶっきらぼうな正直。あたしもなんだかドキドキしてしまう。正直を好きだって意識すればするほど、一緒にいるのが恥ずかしくてたまらない。

「とりあえず、腹減ったな」

「いろんなクラスが食べ物出してるよ。隣のクラスはたこ焼き」

「お、それいいじゃん」

正直は早足で隣のクラスへ歩いていってしまうので、あたしはあわてて追いかける。

隣のクラスも大盛況で、たこ焼きが焼けるのを待つ長蛇《ちょうだ》の列ができていた。教室全体に漂うソースのにおいが食欲を刺激する。十分ほど待ってたこ焼きを買った後、向かい合わせになった机で食べる。

「うん、まあまあだな、このたこ焼き」

「お店のとは違うけど、これはこれでおいしいって感じ」

「それにしても今日の柚葉、目立ちまくりだな」

正直が面白そうに言う。たしかにさっきからちらちら、周りの視線を感じていた。

「超ミニスカートのメイドさんだからな。なんか、変な店のメイドみたい」

「何それ！　ぜんぜん褒めてなくない？」

「じゃあちゃんと褒めるよ。かわいい、今日の柚葉」

正直が笑顔で言ったその言葉に、胸がじんと熱くなるのを感じた。

そういえば、正直にはぜんぜんかわいいって言ってもらったことがなかった。ダイエットに成功しても、メイクをがんばっても、つぐみは「かわいい」って言ってくれるのに、正直は「そんなに痩《や》せて大丈夫かよ」みたいな反応だったっけ。

「あたし、ずっと正直にそう言ってほしかったのかも」

ぽろっとそんな言葉が口からこぼれる。

「へ？　どういう意味？」

「だから……正直にかわいいって言ってほしかったんだよ。ぜんぜん言ってくれないから……」

純晴くんにかわいいって思ってほしかったのと同じように、今のあたしは正直にかわいく思われたい。

別に、正直のためにメイクするとか、髪をきれいにセットしたりとか、そういう努力をするってわけじゃないけれど。どんな女の子だって、好きな人の目にはかわいく映りたいもんじゃないだろうか。

「なんだよそれ。変な柚葉」

あたしの真意は伝わってないらしく、正直はあははと笑う。いつのまにかたこ焼きが載《の》ってた紙皿は空《から》になってた。

「食べ終わったし、次行くぞ」

「ちょっとー！　置いてかないでよ！」

正直は相変わらずのマイペースで、早足でさっさか歩く。

普段は閑散《かんさん》としている特別教室エリアも、今日は文化部の出し物があって賑やかだ。写真部とか漫画研究会とか、みんな凝《こ》った展示で訪れる人の目を惹いている。正直はそれらをじっくり見学した後、美術室の前で足を止めた。

「柚葉、これやらね？」

美術部の生徒がひとり、「似顔絵　一枚五百円」と書かれた段ボールの看板を掲《かか》げて椅子に座っている。あたしたちに気づいて、どうですかと視線を送ってきた。

「ふたり、一緒に描いてください」

あたしの了解をとる前に椅子に座る正直。もう、どこまでマイペースなのよ！

「わかりました。十分から十五分ぐらいかかりますが、いいですか」

「大丈夫です、待つので」

勝手に決めるなってば！　さすがにイライラするあたしだけど、正直はそんなの気づいてもいないって感じ。こいつは、昔からそういうやつだ。

「表情はこちらでつけるんで、無理に笑ったりとかしなくていいですからね。リラックスしていてください」

美術部の生徒が紙にペンを走らせていく。顔をじっくり見られていて落ち着かない。しかも隣にいる正直がやたらと近く感じる。正直と今にも触れ合いそうな右肩のあたりが、そわそわと落ち着かない。

「はい、できました」

十五分後、二人の似顔絵が完成した。その出来栄《できば》えに、ちょっと感動してしまった。太陽みたいににぱっと明るく笑ってる正直と、その隣で微笑むあたし。二人の特徴がよく捉《とら》えられてるし、しかもかわいい。

「ありがとうございます！　こんなにかわいく描いてもらって！」

「素敵なカップルだから、描き甲斐がありましたよ」

「いや、その、あたしたちは……」

否定しようとして、やめた。この人にはあたしたちが素敵なカップルに見えた、そのことがうれしい。正直と並んだあたしをこんなにかわいく描いてもらえたのも、今のあたしは表面だけじゃなく、心から笑えているからだろう。

「どうして、似顔絵なんて欲しかったの？　写真でよくない？　スマホですぐ撮れるのに」

そう言うと、正直はちょっと考えた後に言った。

「それじゃ、なんかつまんねえだろ。他人のフィルターを通して見る俺らが、本当の姿に近いっていうか……」

「ふうん。なんか今日の正直、カッコつけてない？」

「つけてねーよ！」

少し赤くなって口を尖《とが》らせる正直の隣で、あたしはくすくす笑った。


怖いと評判のお化け屋敷に入って出た時には、午後一時半を回ってた。

「つぐみの劇、二時からだよな？」

「うん。正直、先に体育館行ってて。あたし、一度教室戻ってから行く」

そう言って正直と別れ、教室へ向かう道すがら、つぐみのクラスから出てきた女の子たちが意地悪そうな笑みでひそひそ話しているのが聞こえてしまった。

「西川《にしかわ》もやることなかなかえげつないよねー。それだけ江川《えがわ》さんが嫌いなんだろうけど」

「あれで舞台立たせられるとか、あたしだったら不登校になりそう」

思わず足が止まる。今のどういう意味だろう。

悪い予感がして、あたしはつぐみのクラスのドアを開ける。

「ちょっと！　部外者は入ってこないでよ！」

西川さんの取り巻きの子に怒鳴られるけど、気にしちゃいられない。あたしは教室の奥で涙目になっているつぐみを見つけた。

「ゆずちゃん……」

つぐみの顔は、ひどかった。

毛虫をはりつけたような極太の眉毛に、アイシャドウもチークも入れすぎておまけに色が合ってない。ファンデーションの色も濃すぎるから、首の色との差がぱっと見ただけでもわかってしまう。髪の毛は縦ロールに巻かれていたけれど、やりすぎのメイクと相まってすごく変だ。メイクをしたことのないつぐみでも、このメイクが変だってことはわかるんだろう。この世の終わりみたいな表情を浮かべていた。

「つぐみ、今すぐメイクやり直すよ！」

「え、ちょっとゆずちゃん……」

つぐみの手を引いて教室を出ようとすると、西川さんとその取り巻きに阻《はば》まれた。

「あんたら、どこ行く気？」

「これから本番なの。邪魔するとか許さないいんだけど」

「部外者は首突っ込まないでくださーい」

美人の西川さんがはっきりと怒りを浮かべて睨むと、本当に怖い。取り巻きたちは西川さんの言いなりだ。でもそんなのに屈していられない。

「あんたらがメイク失敗してるから直してあげるんでしょ！　感謝してくんない!?」

「何よ、すごくかわいくできてるじゃない！　これを失敗とか、すごく失礼！」

「西川！　あんたがたくらんでることはとっくにわかってるんだよ!!」

校内でも有数の美女を呼び捨てにすると、西川さんはわかりやすく怯《ひる》んだ。取り巻きの子たちも黙る。

「とにかく、つぐみは借りてくから！　時間は取らせない！　二時には間に合う！」

「ちょ、あんた……！」

あわてている西川さんの隣をすり抜け、つぐみの手を引っ張って教室に戻ると、あたしとつぐみに一斉に視線が集まった。佳子と沙裕が駆けつけてくる。

「ちょっと柚葉、どうしたの!?　ていうかそのメイク……ぷぷっ」

「佳子、笑わないで！」

佳子がびくっとした。つぐみがおずおずとメイド服の裾《すそ》を引く。

「ゆずちゃん、いいよ。今からメイク直す時間なんてないし……わたし、このままで舞台に立つから」

「そんなの駄目に決まってるじゃん‼」

つぐみが目を見開いた。

「つぐみ、悔しくないの⁉　あんなくだらない連中におもちゃにされて！　高校生にもなってこんな陰湿な形でいじめるなんて、まじありえない。あたしは悔しい」

「ゆずちゃん……」

「今こそ闘わなきゃ、つぐみ。うんときれいになって」

数秒の間《ま》の後、つぐみはこくっとうなずいた。あたしはうなずき返し、大声を出す。

「佳子！　沙裕！　メイク落とし持ってない？」

「えー、あたし持ってない」

「あたしは持ってるけど」

「沙裕、でかした！　お願い、二人とも手伝って！　時間がないの！」

「柚葉の頼みなら二つ返事で引き受けるって」

沙裕がメイク落としを取り出してにこっと言って、隣で佳子も顔を綻《ほころ》ばせた。

佳子と沙裕にヘアスタイルを任せ、あたしはメイク直しに集中する。つぐみは色が白いから、ファンデーションは明るい色を使う。頬のニキビ跡をコンシーラで隠し、鮮やかなピーチ色のチークで血色感《けつしょくかん》をプラス。ハイライトとシェーディング、ノーズシャドウで立体感をつけ、睫毛《まつげ》にロングタイプのマスカラを塗ってはっきりとした涙袋を作った。仕上げはプランパー入りのティントでふっくら唇に。

十五分後、完成した自分の顔を鏡で見て、つぐみは上《うわ》ずった声を漏らした。

「すごい……ゆずちゃん、すごい！　これが自分なんて、信じられない！」

「あんた、ちゃんとすると結構かわいいじゃん」

沙裕に言われて、つぐみは照れくさそうな笑みを浮かべた。

さあこのまま体育館へ向かおう、というところで、教室の後ろ側のドアが開いて、つぐみのクラスの女子たちがどやどやと入ってきた。先頭にはもちろん、西川さん。

「勝手なことしてくれちゃってさ、いったい何のつもりなのよ」

腕組みして睨みつける西川さんにつぐみがあきらかにビビっている。あたしはつぐみを背に、西川さんと向かい合った。

「勝手なことって、むしろあたしたちに感謝すべきじゃない？　メイクに失敗したみたいだから、やり直してあげたんだけど」

「だからそれが余計だっていうのよ！　他のクラスが出し物邪魔するとか、文化祭の規定に違反してるし！　生徒会に訴えてやる！」

「だったらこっちは、いじめで訴えてやる！」

いじめ、という言葉を出しても西川さんは顔色ひとつ変えなかった。

「は？　いじめ？　いつ誰がそんなことしたっていうのよ」

「嫌がってる人を無理やり劇の主役にするのも、わざと変なメイクして舞台に立たせようとするのも、あきらかにいじめだよ。だいたいさ、メイクって自分に自信をつけるためにやるものじゃないの？　メイクで人を傷つけようとするなんて、許せない」

「百歩譲ってあたしたちのやってることがいじめだとしたって、江川が悪いのよ」

まったく罪悪感の窺《うかが》えないその言い方に、西川さんは本気で言ってるんだと思った。

美人で、生まれた時からずっと周りにちやほやされてきて。この人は自分が間違ってるなんて、一度も思ったことないんだろう。

「江川なんて地味な子、クラスの底辺じゃん？　あたしは誰にも注目されることのない底辺が目立つ機会があればいいなと思って、主役にしてあげたのよ。それがいじめに思えたんだとしたら、江川の心がひねくれてるんじゃない？　人の優しさを素直に受け取れないなんて」

「……てない」

「え？」

「つぐみはひねくれてなんかいない‼」

自分でも引くほどの大声に西川さんが目を見開き、つぐみも隣でびっくりした顔をしているのがわかる。

「つぐみほどやさしくて友だち想いで義理堅い子、他にいない！　あたしは知ってるの！　つぐみの幼馴染みだから！」

「ゆずちゃん……」

つぐみが上ずった声であたしの名前を呼ぶ。

ずっと学校でつぐみと話そうとしなかった。つぐみと幼馴染みだって隠してきた。「あんな地味な子と友だちなの」って思われるのが、嫌だったから。

かつてのあたしは、なんて情けない根性の持ち主だったんだろう。

つぐみのいいところは、あたしがいちばん知ってるのに。

「西川さんさ。なんであたしが、つぐみを助けたんだと思う？」

「なんでって。そりゃ、いじめられたと思って、可哀相だったからじゃないの」

「そんな安っぽい同情からじゃない」

つぐみに一瞬目配せしてから、言った。

「つぐみがつぐみだからだよ」

嫉妬して、万引き犯の汚名を着せるなんていう、あんなひどい方法でつぐみを陥《おとしい》れようとしたあたしを、つぐみは許してくれた。

そして、自分の恋よりも、あたしが傷つかないようにって思いやってくれた。

つぐみがそんなやさしい心の持ち主だって知ってるから、あたしは迷わずつぐみを助けたんだ。

「西川さん、みっともないよ。いつまで純晴くんにフラれたこと気にしてんの？」

そう言うと西川さんの顔がかあっと真っ赤になった。

「なんであんたがそんなこと知ってんのよ！」

「知ってるよ！　西川さん有名人だから、いくらでも情報流れてくるし。ねえ、いい加減気づいたら？　いくらきれいだからって、クラスの上位グループだからって、なんでもかんでも思い通りにいくわけじゃないってこと」

世の中、そんなに甘くない。

かわいくなれば自分に自信を持てるし、周りの目も変わるけれど、だからって世界が丸ごと自分のものになるわけじゃない。

うまくいかないことだってあるし、失恋だってする。

みんなひとりひとりは未熟で小さな存在なのに、かわいいからって自分がえらいって思うのは傲慢《ごうまん》だし、醜《みにく》い。

あたしだってかつてはつぐみを見下してた。見下してたからこそ、嫉妬してた。

だから西川さんの気持ちもわかるし、わかるから余計に、許せない。

思い通りにならない苛立《いらだ》ちを誰かにぶつけるのは、最低だから。

「たしかにあんたは、きれいだと思う」

テノールの声がすると思ったら、すぐ後ろに純晴くんが立っていた。ここに純晴くんもいるのを忘れてたんだろう、西川さんが真っ青になる。今までの暴言、全部好きな人に聞かれてたんだから。

「ちょっとケバいし俺の好みじゃないけど、一般的に見たらじゅうぶん美人だと思うよ。でも、自分が気に入らない人をいじめるようなやつは、顔はかわいくても心が汚い」

「……ッ！」

西川さんが肩をぷるぷるさせてる。純晴くんはそんなこと意に介してないように、低い声で言う。

「主役、お前じゃなくてよかったと思うよ。みんなの前に立つ人は、本当にきれいじゃないと。江川のほうが、ずっと相応《ふさわ》しい」

わっと西川さんが顔を覆《おお》い、踵《きびす》を返して教室を出ていった。追いかける取り巻きの女の子たち。その他の子も、あたしを負け惜しみのようにひと睨みした後去っていった。へへーんだ！　と佳子が勝ち誇ったように言うのでちょっと笑ってしまった。

純晴くんがそのままつぐみに歩み寄る。

「江川、すごいきれいだよ」

「え……」

「がんばれよな、本番。あんなに練習したんだから」

つぐみの頬が薔薇《ばら》が咲いたように赤くなり、そして笑顔でうん！　とうなずく。

少し前だったら心がかき乱されるような光景なのに、今は不思議と穏やかだ。


「柚葉、こっちこっち」

体育館に入って正直の姿を探すと、前方に座って手を振ってる正直を見つけた。荷物を置いて取ってくれていた隣の椅子に腰掛ける。

「遅かったな。ぎりぎりじゃんか」

「ごめん、ちょっといろいろあって」

「いろいろ、って？」

「いろいろ、だよ」

「ふーん？」

正直が不思議そうな顔をしている。さっきのこと、正直《まさなお》に話してもいいけれど、今は黙っておこう。

まもなくブー、とはじまりのブザーが鳴り、幕が上がる。舞台中央に現れたのは、ジュリエッタの華やかな衣装に身を包んだつぐみ。

「ねえ、あの子誰？　めっちゃ可愛くない？」

「うちの学校にあんな子いたっけ」

そんな声が聞こえてきて、ちょっと誇らしくなる。つぐみを美少女に変身させたのはこのあたしなんだもの。

「ロデオ様、遅い！　デートに三時間も遅刻してくるなんて許せません！」

「ジュリエッタすまない！　朝シャンしてたら遅くなった」

「朝シャンになんで三時間もかかるんですか！」

一応ロミオとジュリエットを元にしてはいるけれど創作劇のコメディだから、ギャグシーンになると体育館全体が震えるような笑い声がわっと起こる。さすがあれだけ練習しただけあって、つぐみの動きも台詞も自然だし、違和感がない。こんなに輝いているつぐみの姿をはじめて見る。

ラスト、意地悪な継母《ままはは》に毒を飲まされそうになったジュリエッタをロデオが格好よく助けるところで劇は終わった。なんで唐突に白雪姫が入ってくるの？　と思わないでもないけれど、観客は大ウケだ。最後の演者全体のカーテンコールで真ん中に立ったつぐみは、笑顔でお辞儀して割れんばかりの拍手を浴びていた。

つぐみの視線がふいにあたしを捉えた。だいぶ前のほうに座ってるから気づいたみたい。あたしに向かって手を振るつぐみに、手を振り返す。

つぐみ、ごめんね。そしてありがとう。

あたし、ちょっと前まで、西川さんと同じになってた。かわいくなることばっかりに夢中で、見た目をよくすることに一生懸命で、もっと大切なことを忘れてた。

いくら見た目がかわいいからって、肝心の内面が伴《ともな》ってなきゃ、つぐみみたいに輝けない。

つぐみがいたからあたしは自分の過《あやま》ちに気づいて、新しい恋ができた。

「よかったな」

隣で正直が微笑んで言って、そっとあたしの頭に手を置く。

くしゃっとあたしの頭を撫でるその手のやさしさと温かさが、この世でいちばん尊いものに思えた。

文化祭が終わってすっかり日が落ちて、校庭に全校生徒が集まっている。

うちの学校の文化祭は、毎年ダンスタイムで締めくくられる。例年、これがきっかけで誕生するカップルも多いと言われる、重要なイベントだ。

つぐみは今頃、純晴くんから声をかけられるのを待っているのかな。純晴くんってシャイだけど、ちゃんとつぐみを誘えているだろうか。

そんなことを考えながら教室の窓から校庭を見下ろしていると、後ろで正直の声がした。

「お前こんなとこにいたのかよ」

近づいてきて、すぐ隣に立つ正直。メイド&執事喫茶は閉店して、まだ飾りつけはそのままだけど、机と椅子は元通りにしてあった。

いつもの教室にこの学校の生徒じゃない正直がいるって、なんだか変な感じ。いや、落ち着かないのはそれだけが理由じゃない。

「どこ行ったのかと思ったよ。どこにもいねえから、探した」

「ごめん」

「校庭で、つぐみとあいつを遠くから見てるのがつらい?」

張りつめた正直の顔に、すぐに言葉を返せなかった。

正直はまだ、あたしが純晴くんを好きだって思ってるらしい。

「そりゃ、つらいだろうけどさ。柚葉はかわいいから、すぐ新しい男できるって。さっきの、ああいう変なのと付き合うのは嫌だけど」

「違う」

喉が詰まって、ちょっと変な声になってしまった。正直が目を見開く。

「純晴くんのことはもう、いいの」

「もういいって？　好きじゃねえの？」

「うん。今あたしが好きなのは、正直」

正直の顔におどろきが広がっていく。

今日、正直に気持ちを伝えるつもりでいた。うまくいくとは限らないけど、玉砕《ぎょくさい》するかもしれないけれど、気持ちを伝えて前に正直が言ってた彼女を作らない理由っていうのを聞き出そうと思ってた。その理由があたしになんとかできることなら、あたしが正直の彼女に立候補しよう、って。

「昨日今日、好きになったんじゃないんだよ？　初恋だった。小さい頃からずっと一緒にいたけど、小学校くらいからずっと意識してた」

「でも……お前、純晴が好きだって」

「それは、正直に失恋したから。あきらめなきゃいけないって思って。だから康司とも付き合ったし、純晴くんを好きになったの」

　正直がわけがわからないという顔をした。

「失恋って、どういうこと？　俺、柚葉をフッた覚えなんてないんだけど」

「好きになるわけないだろあんなブス」

　あの時の正直の言葉を出すと、正直の表情が固まる。

「そう言ってるの、聞こえちゃったんだ」

　なぜかあたしの顔に笑みが浮かぶ。それが正直の本心でもしょうがない。純晴くんのことで、よくわかった。いくら誰かに好きになってもらいたくても、所詮《しょせん》誰かの気持ちなんてコントロールできない。

「馬鹿だよね、それがきっかけで不登校になるなんて」

「……俺が理由なのかよ」

「そう言いたくはないけど、きっかけではある。前から、太ったせいで男子にからかわれてつらかったけど。大好きな正直にそんなふうに思われてるって知ったら、学校行けなくなっちゃって。そんなことがあったからこそ、あたし、かわいくなりたいって一生懸命だったんだよね」

「デブブス」だって後ろ指さされるのがつらかった。馬鹿にされるのが悔しかった。

だから誰もが認める美少女になって、人生をきらきらさせたかった。

実際、がんばってかわいくなっても、人生はきらきらどころか苦いけれど。

「ごめん」

正直が見たこともないほどつらそうな顔で言った。

「あれは、照れだよ。馬鹿にされてた柚葉を好きだなんて言ったら、何言われるかって思っちゃって。嘘ついた。でもそれで柚葉を傷つけてたなんて……本当にごめん。俺、本当は幼稚園の頃からずっと柚葉が好きなんだ」

正直の口から、あたしを好きだという言葉が出た。

胸のあたりがぽっと熱くなって、幸せがじんじんと身体全体に巡っていく。

好きになった人に、好きだと言ってもらえる。なんて素晴らしいことなんだろう。

「幼稚園の頃から？」

「そう」

「なんで？　幼稚園の頃のあたし、お世辞にも可愛い子どもじゃなかったのに。どうして好きになってくれたの？」

「俺には、すごく可愛く見えたよ。柚葉の笑顔が、大好きなんだ。柚葉が隣で笑ってくれるだけで、俺までなぜかうれしくなって、柚葉の隣がすごく居心地よくて。だから、変わっていくのがちょっと心配でもあった。他の男にとられるんじゃないかって、実際その通りになったし……」

「じゃあ、彼女を作らないって言ってたのはどんな理由？」

正直が頰を真っ赤にして、ぶっきらぼうな口調で言った。

「柚葉に片想いしてるからに決まってるじゃん。好きな子は同じ学校のイケメンが好きで、でも俺はあきらめられなくて、だからって別の恋愛しようとも思えないし」

「そう……なんだ」

どうやら正直はかなりあたしのことが好きみたい。そう思った途端、うれしくて笑ってしまった。そんなあたしの反応に、正直がさらに顔を赤くする。

「何笑ってんだよ」

「ごめん。正直、すごくあたしのこと好きなんだって」

「そりゃそうだよ。だてに幼稚園の頃から想ってねぇし」

「そうだよね……なんか、ありがとう」

今、ようやく本当の意味で自信を持てた気がする。

かわいくなりたいってがんばってたけど、見た目をよくして、表面だけ着飾ったって、そんなのハリボテの自信にしかならなかった。

ちっともかわいくなかった頃から、あたしを好きだと言ってくれる正直。そんな人がひとりでもいるだけで、目の前の景色が一段明るくなるような気がする。

人生は苦いけれど、嫌なことばかりじゃない。

「で、柚葉はどうなんだよ」

「どうって？」

「俺のどこを好きになったかって訊いてるの」

「うーん、あたしもいつかわからない頃から好きだったからそう訊かれると難しいけれど……でも、はっきり気持ちを自覚するようになったきっかけは、人参かな」

「人参？」

正直がきょとんとする。

「小一の時、給食で人参のサラダが出て食べられなくて、正直があたしの分まで食べてくれて。その時の正直が、ヒーローみたいに見えた。どれだけ頼もしかったか」

「なんだよそれ」

「この人は人参が嫌いなあたしと違って、人参が食べれる大人なんだー！　って思っちゃったんだよね」

「意味わかんね」

「ほんと、意味わかんないよね」

ふたり、顔を見合わせてくすくす笑う。

あたしたち、どっちも外見で好きになったわけじゃないんだね。たしかに外見なんて時と共に変わりゆくもの。若くてきらきらした時代なんて一瞬で、いつかは誰もがよぼよぼのおじいさん、おばあさんになる。けどあたしたちは、どんなに歳をとっても変わらない、「三つ子の魂百まで」の三つ子の魂を好きになった。素晴らしいことじゃないか。

校庭のほうから賑やかな音楽がここまで聞こえてくる。正直があたしに手を差し伸べる。

「俺たちも踊りに行かないか？」

「うん、ぜひ」

あたしはそっと正直の手を取り、そのまま二人、手をつないだまま校庭まで歩いた。

幼馴染みだから正直と手をつないだことなんて何度もあるのに、胸がとろけそうなほどときめいて、正直とつながってるその部分が熱くて仕方ない。

つないだこの手を離したくない。正直とのこの絆《きずな》を、ずっと大事にしたい。

だからこれからは見た目だけじゃなくて、心も美人な女の子を目指そう。

そのほうがずっと、自分を好きでいられるはずだから。

第十章　君がどんなに変わっていっても

正直《まさなお》と付き合い始めてもうすぐ二か月。今正直はあたしの部屋に来ている。康司《やすじ》だったらふたりきりになった途端抱きついてきたけれど、正直はそんなことぜんぜんしない。スキンシップはあの日手をつないだきりで、それからキスのひとつもない。ちょっともやもやするけれど、だからってあたしから迫るわけにもいかないし、まあそのうちそういうことにもなるでしょう、ぐらいの気持ちでいる。

「ねぇ正直、冬休み限定で髪色変えようと思うんだけど、どれがいい？」

正直の目の前にスマホを突き出し、美容院のホームページを見せる。

「休みの間だけだし、めちゃくちゃ明るい色にしたくて。これとかかわいくない？　青みがかってて」

「どれでもいいんじゃないの」

「何それ、ちゃんと考えてよ」

「どんな髪色になろうが、柚葉《ゆずは》は柚葉だからな」

何げなく放たれたその言葉があったかい。

そう、見た目をどんなに変えても、あたしはあたし。どんなあたしになっても、正直はきっと受け入れてくれる。

好きな人に想いが通じて一緒にいられるっていうのは、こんなに心強いことだったんだな。

「それより、さ」

正直がめずらしく真顔になった。

「お前、進路どう考えてるの？　俺ら、来年は受験生じゃん」

「正直は？」

「親とも話したんだけど、大学行くよ。俺、理学療法士になりたくてさ。勉強あんま得意じゃないから、ついていける自信ないけど」

「そっか」

「柚葉はどうなの？」

あたしは机の引き出しからパンフレットを取り出した。正直が目を見開く。

「これ、全部美容系の専門学校のじゃん」

「そう。文化祭の時、つぐみをあたしの手でメイクして、舞台に上がらせたでしょ？　その時のつぐみがとても輝いてたからさ。それで思ったの、あたしって自分がかわいくなるだけじゃなくて、誰かをかわいくさせるのも好きなんだって。それを仕事にできたら素敵だなって」

メイクは人に自信を与えてくれる魔法だ。見た目を変えただけですべてがうまくいくわけじゃないけれど、でも何かを変えるきっかけになることもある。

悩んでる子、コンプレックスがある子に、前向きになれる魔法をかけられる人になりたい。

そうやって人の役に立てる人間になることが、今のあたしの夢だ。

「親には言ったの？」

「言った。お母さんには反対されたよ、大学行ったほうがいいって。でもお父さんは応援してくれてる。早くにやりたいことが見つかるのはいいことだし、柚葉の人生なんだから柚葉が納得いく進路を選びなさい、って」

「俺もそれに賛成」

正直がくしゃっと笑って肩を抱く。不意打ちのスキンシップにどきどきしてしまう。正直の手、あったかい。もしや、このままキスの流れ？　どうしよう、まだ覚悟ができていない。

「柚葉はえらいな。俺もがんばるよ、理学療法士になれるように」

「高校卒業したらあたしたち、完全に別々の道を行くんだね」

「大丈夫だって。会えなくなるわけじゃないんだから」

　正直の手がぽんぽんとあたしの頭を撫でた。そのやさしい手つきは、どきどきよりむしろ、安心させてくれた。小さい頃、遊び疲れてふたりで同じ布団で寝てしまった時のことをふと思い出した。

　これからもずっと、正直の隣にいられますように。そんな願いを胸の奥でひそかにつぶやいた。


　冬休みまで、あと一週間。

　憂鬱《ゆううつ》な期末テストも終わって、校内にはゆったりとした解放感が漂っている。彼氏がいる子もいない子も、まもなくやってくるクリスマスはスペシャルなイベントだ。みんなどことなくそわそわしてたり、浮かれていたりする。かくいうあたしも、佳子《かこ》と沙裕《さゆ》とクリスマスの計画を話し合っていた。

「やっぱさ、イブはクリスマスパーティーがいいと思うの。それぞれの彼氏呼んでさ」

「彼氏って。佳子は幸也《ゆきや》くん呼ぶんだろうし、柚葉には正直くんいるけれど、あたしは？」

「沙裕は泰基《たいき》くん誘いなよ。みんな彼氏呼ぶのー、ってさ」

佳子が当たり前のように言って、沙裕がこの子には珍しく照れた反応をした。泰基くんというのは、ちょっと前に幸也くんが連れてきて、みんなで遊んだ人。なかなかのイケメンで、男子の採点は厳しい沙裕も惹《ひ》かれてるのが傍《はた》から見ててもわかる。

「ちょ、そんな。毎日ラインしてるだけで、あたしたちそんな関係じゃないって」

「でも沙裕は好きなんでしょ？　泰基くんのこと」

ずばり訊《き》く佳子。沙裕は顔を赤くしてうなずく。いつもどちらかというとクールな印象があるから、たまにこういう表情をすると、乙女って感じですごくかわいい。

「じゃ、イブはみんなでパーティーで決定！　会場はいつものカラオケでいい？」

「うーん。どうせなら、もうちょっとおしゃれなとこないの？　雰囲気いいレストランとか」

「沙裕さあ、現実見なよ！　高校生のうちらのお小遣《こづか》いで、おしゃれなレストランに行けるわけないでしょ。すっごい高いに決まってるじゃん！」

「だったら、いい場所知ってる」

佳子と沙裕がいっぺんにあたしを見る。

「うちの近所に、雰囲気いいレストランがあるの。あんまり高くなくて、子どもの頃とか誕生日とかクリスマスとか、お祝いで連れていってもらってたんだ。見た目もかわいいんだよ、ログハウスみたいで」

「何それ、最高じゃん！」

佳子がうれしそうに言って沙裕もうなずいている。小さい頃、つぐみと正直と、そのお母さんたちと。みんなで過ごす毎年の恒例行事は、三人が成長するにつれていつのまにかなくなっていった。

あの穏やかなクリスマスの日が、形を変えてまた復活しようとしている。

「でさ、つぐみと純晴《じゅんせい》くんも呼んじゃ、駄目かな？」

「えー、マジで⁉」

佳子がちょっと大きな声になり、沙裕がそれを目で制す。急に真顔になった二人からそれぞれ言われた。

「柚葉、大丈夫なの？　いくら正直くんと付き合ってるからって、前に好きだった人のいちゃいちゃ目の前で見るなんて……」

「無理したりしてないよね？」

「ううん、無理なんてしてないよ」

自分でもこんなに早く吹っ切れるなんて、思わなかった。

今はつぐみと純晴くんが一緒にいるところを見ても、心がひりひりしたりしない。むしろよかったな、と素直に思える。

それは正直のおかげだ。正直があたしを好きでいてくれる、その気持ちが、あたしを少しだけ大人に変えてくれた。

「あたしたちは全然いいよ。六人も八人も変わりないし」

「あのシャイな純晴くんが、好きな子と一緒にいるとどうなるのか、あたしもちょっと見てみたいしね」

「もう佳子ってば！」

「ありがとう、二人とも！　あたし、今からつぐみにそのこと話してくる！　まだ昼休み終わるまで、十分あるし」

そう言って立ち上がると、佳子と沙裕は行ってら、と手を振って送り出してくれた。

つぐみのクラスに行くと、つぐみは何人かの女子と固まって、楽しそうにしゃべっていた。クラスで無視されているって言ってたけど、それも終わったらしい。大好きな純晴くんに直接あんなことを言われた西川《にしかわ》さんは、クラスじゅう巻き込んでいじめを主導するのをやめたんだろう。相変わらず見た目は派手だけど、今はクラスの後ろのほうで取り巻きたちと固まっている。なんとなく、前よりおとなしくなったみたいだ。

「あ、ゆずちゃん！」

つぐみがあたしに気づいた。手招きをすると、友だちに断って廊下まで小走りに駆けてくる。最近、つぐみはきれいになった。ジュリエッタの華やかな衣装を着ていなくても、メイクなんてしていなくても、内側からじわっと輝きが滲《にじ》んでいるように見える。きっとつぐみも、純晴くんとうまくいってるんだな。恋はどんなメイクより、女の子をかわいくさせる魔法だ。

「今、ちょっといい？　時間とらせないから」

「うん、どうしたの？」

「佳子と沙裕と、それぞれ彼氏呼んでクリスマスパーティー計画してるんだけど、つぐみも参加しない？　もちろん純晴くんを誘ってさ」

つぐみがおどろいた顔をした。それからあきらかに困った表情になって、もじもじと言う。

「ええと、それは……もちろん、ゆずちゃんも来るんだよね？」

「行くよ。正直誘う」

「それって、グループデートみたいな感じだよね？　わたしと阿久津《あくつ》くんが行ったら変じゃないかな」

「変じゃないよ。だってつぐみと純晴くん、付き合ってるんでしょ？」

つぐみが真っ赤になって口をつぐむ。だてに幼馴染《おさななじ》みやってるわけじゃない。つぐみは本当にどうすればいいのかわからなくなってしまった時は、黙っちゃう子だ。

「もしかしてつぐみと純晴くん、付き合ってないの⁉」

「ゆずちゃん、声大きい‼」

恥ずかしさが炸裂《さくれつ》したらしく、泣きだしそうな声だった。

「ごめんごめん。でも、ええ、嘘でしょ？　よく二人で一緒にいるじゃん？　てっきりもう、そういう仲だと思ってたのに」

「そんなことないよ……学校で話すし、メッセージのやり取りもしてるけど、それだけ。二人で出かけたことなんて一度もない。誘うにしてもどうすればいいのかわからないし、ましてや告白なんて……」

途方に暮れたように、ひとつ大きなため息をつくつぐみ。

つぐみの性格はよくわかってるから仕方ないけれど、純晴くんに関してはちょっとどうなの、と思う。好きな女子がいてその子といい感じで、お互い両想いだってわかってるのに、曖昧《あいまい》な関係のままにしちゃうなんて。はっきり好きって言ってあげないなんて、つぐみが可哀相だ。

「それに……ゆずちゃんはあたしが阿久津くんに告白しても、いいの？」

　おそるおそるというように、つぐみが言った。

「何それ。つぐみ、まだあたしが純晴くんのこと好きだって思ってるの？」

「違うの？」

「違うよ。あたしが今好きなのは、正直。ていうか、文化祭の日に告白して、今付き合ってる」

「ええ!?」

　つぐみが思いっきり目を見開いて、それからぷうっと唇を尖《とが》らせた。

「そうなってるなら、早く教えてほしかった！　ひどいよ、報告してくれないなんて！」

「ごめん。なんか、佳子とか沙裕ならともかく、つぐみにはちょっと言いづらくて……ほら、同じ幼馴染み同士でしょ？　なんていうかその、照れくさくてさ」

　えへっと笑って頭を掻くと、つぐみがこつん、と肩を小さく小突いた。その顔は微笑んでいた。

「言うの遅くなっちゃったけど……おめでとう、ゆずちゃん」

「ありがとう、つぐみ。あたしね、今がいちばん幸せなんだ。正直のことずっと好きだったのに、中学の時に失恋して、あきらめて。それからずっと正直からは距離置いて、正直のこと考えないようにしてきたから……好きでいてもつらいだけだって思ってたし。でもつぐみが正直の気持ちを教えてくれたから、また好きになってもいいって思えたし、告白する勇気も持てたんだよ。だから──」

だから、つぐみにも幸せになってほしい。

つぐみに嫉妬してひどいことをした過去は、今さら消せない。

だったら、これからは親友の幸せをいつでも素直に喜べる自分でいたい。

「だから今度は、あたしからつぐみにおめでとうって言わせて」

「ゆずちゃん……」

つぐみが目を細めてうなずいた。でも、と声を小さくする。

「でも、本当に告白なんてどうすればいいの？　自分からしないと駄目だなとは思ってたの、阿久津くんそういうの苦手だと思うから。とはいえ、なんて言えばいいのか、ぜんぜんわからなくて」

「佳子と沙裕に相談してみる？　二人とも、恋愛上級者だよ」

「お願いしようかな」

つぐみはちょっとはにかむように笑った。あたしはオーケー、と親指を立ててみせる。

イブは、針でも仕込まれているかのようなするどい木枯らしが吹く、寒い日だった。

終業式とHR《ホームルーム》が終わると、五人で学校を出発。白い息を吐きながらおしゃべりしつつ歩き、高校の最寄《もよ》り駅で集合。改札前には幸也くんと泰基くんと、正直がいた。誰とでもすぐに打ち解ける正直は、初対面の幸也くん、泰基くんと一瞬で仲良くなっていた。電車で移動し、地元の駅で降りてレストランまで歩く。

住宅街を抜けた少し開けた場所に、森のなかに建っている小屋みたいな佇《たたず》まいのレストランがある。

「うわあ、すっごいかわいい」

一歩店内に入るなり、佳子も沙裕も目を輝かせた。店内のあちこちにサンタやトナカイの人形が飾られ、壁にはリースやヤドリギ。華やかなクリスマスムードが漂っている。なかでも目を引くのが、店内中央に大きく飾られたクリスマスツリー。あたしたちの身長よりも高いもみの木に、カラフルなボール型や天使のオーナメント、金や銀のモールが飾り付けてあって、めちゃくちゃ華やかでかわいい。佳子と沙裕がさっそくスマホを取り出し、クリスマスツリーをバックに記念撮影をはじめた。

「柚葉ちゃん、正直くん、つぐみちゃん。今日は予約ありがとう」

　席に案内されたところで店長さんが挨拶《あいさつ》しに来る。あたしたちは小さい頃からよくここに来ていたから、店長さんもちゃんと顔を覚えているのだ。

「みんな、しばらく見ないうちに、すっかり大きくなったねえ。特に柚葉ちゃん、きれいになったねえ。見違えたよ」

「あは、きれいになりましたー？　ありがとうございます。今日はクリスマスパーティーだから、メイクもちょっと気合い入れてるんですよ」

　そんなことを話しているうちに続々料理が運ばれてくる。サラダに真っ白な雪みたいな色のポタージュ、表面がコーティングされたみたいにてかてか光る、きつね色のローストチキン。メインのケーキにはたっぷり苺が載《の》っていて、これも佳子と沙裕がこぞって撮影していた。インスタに載せるんだー、と意気込んでいる。

「それじゃ、メリークリスマス！」

　幸也くんがコーラのコップを持ち上げ、みんなでメリークリスマス！　と声を合わせて乾杯する。席はカップルで隣同士になるように座っていた。メロンソーダの入ったコップを正直と合わせた時、小一の頃のクリスマスを思い出した。

「小学校の頃、こうやって正直ともクリスマスに乾杯、したよね。つぐみもいた」

「そうだっけ?」

「正直、覚えてないの?　正直、あたしのケーキのほうが大きいとか言いだしてさ。喧嘩になったら、つぐみが自分のケーキと正直のを取り換えてくれたんだよ」

「そんなことあったかなあ」

「もう、正直ってば」

「二人とも、いちゃつくの禁止ー!」

　佳子が言ってみんながどっと笑った。ごまかすようににやにやしているあたしの隣で、正直は恥ずかしいのか自分のコーラをぐびぐび飲んでいた。

「よーし、じゃあさっそく、プレゼント交換、いっくよー!」

　佳子が元気いっぱいの声を出す。この日のために、それぞれ二千円以内でプレゼントを用意しておくこと、というルールがあった。みんなカバンからいそいそと、ラッピングされた袋や箱を取り出す。

「いーい?　ジングルベル歌いながら、右隣の人にプレゼント回してくの。今輪になってるでしょ。こうすると、ぐるぐるプレゼントが回るから。歌が終わった時に、自分の手元にあるプレゼントをもらえる仕組み。オーケー?」

「佳子ってよくそういうの考えられるよね。実は頭いい?」

思わず言うと、佳子は褒《ほ》められてまんざらでもないという顔をした。

「小学校の時のクリスマス会で知ったの、このプレゼント交換の方法。誰のが当たるかわからないから、面白いでしょ」

「自分が持ってきたやつが当たっちゃったら？」

「その時はその時。んじゃ、ミュージックスタート！」

ジングルベルを歌いながら、みんなでプレゼントを回していく。まるでプレゼントが回転寿司で、あたしたちの手がレーンになったみたい。歌が終わったところでストップだ。水色の包み紙を開けると入浴剤の詰め合わせが出てきた。いかにも女の子、って感じのプレゼントだし、たぶん佳子か沙裕のだろうな。幸也くんと泰基くんが包み紙を開け、ぶーぶー文句を言いだす。

「おい、ポテトチップスなんて用意したやつ誰だよ！　手上げろよー！　予算ケチりすぎじゃね⁉」

「ポテトチップスならまだいいじゃん。俺なんて消しゴムだよ。それも六個も入ってるし。こんなの、いつ使いきれるんだよ！」

「なんか、男子には男子の、女子には女子のプレゼント当たっちゃったぽいね」

沙裕が言って、佳子がまあこんなこともある、ともっともらしく言った。気を取り直して、今度はカラオケタイム。このお店には、店長が昔飲み屋をやっていた時の名残《なごり》で、古いカラオケの機械がある。普段はあまり使われることがないけれど、あたしたちみたいな団体客が来た時には、カラオケで盛り上がれるのだ。

幸也くんと泰基くんが争うように曲を入れ、思いのほか盛り上がった。季節外れの夏の曲が入るたび、誰かが盛大に突っ込む。幸也くんに純晴くんが半ば強制的にマイクを握らされ、おずおずと歌いだした時は見事に音程が外れまくりで、つぐみまで耐えられず笑ってた。追加で頼んだ料理も運ばれてきて、いつもはダイエットを気にして控えてる唐揚げやフライドポテトが、身体全体に染《し》みわたるようにおいしい。

クリスマスイブは正直と二人きりでしっとり過ごしたい、そんな気持ちもなくはなかったけれど、こうしてみんなでパーティーっていうのも悪くないな。賑《にぎ》やかで楽しいし、青春してる、って感じがする。正直も楽しめているかなってちらりと様子を窺《うかが》うと、幸也くんの歌に合わせてメロディを口ずさんでいた。

「そろそろさ、王様ゲームしない？」

あらかじめ用意してきたんだろう、アイスの棒で作ったクジを取り出しながら佳子が言う。先っぽに王とか1とか2とか、マジックで書いてあるのがちらりと見えた。

「ルールはみんなわかるよね？　王様の命令に、指名された番号の人が従う！　王様の命令は絶対だけど、だからって職権乱用は駄目ね。常識の範囲内で、ゲームを楽しみましょー！」

幸也くんと泰基くんは目を輝かせてノリノリだ。つぐみと純晴くんはどんな命令されるんだろうって思ってるのか、まだ王様が決まったわけでもないのに顔をこわばらせている。いっせーのせ、でクジを引き、他の人に見えないように番号を確認すると、4だった。当てられませんように、と天に祈る。

「お、ラッキー。王様、俺だわ」

幸也くんがにやりと笑う。室内に妙な緊張感が漂った。ノリノリの幸也くんのことだから、無茶な命令が出されるんじゃないかとみんな身構えている。

「よーし、まずはウォーミングアップだな。2番と5番が、今までしたいちばん悪い行いを告白する」

「ちょっと何それ、ちっともウォーミングアップじゃないじゃん！」

佳子が顔を真っ赤にして抗議するけれど、幸也くんは涼しい顔。よかった、4番を引いて。

「そんな反応するってことは佳子、お前もしかして2番か5番？」

「……そうよ、2番よ」

「佳子って、あっけらかんとしてるけど結構腹黒いとこありそうだよねー。いろいろやらかしてるんじゃない？」

沙裕が冗談めかして言って、佳子はきゅっと眉根を寄せて黙り込んだ後、ぽつぽつと語りだした。

「小四の時、親の財布から一万抜いた」

「はっ何それ、めっちゃ悪いじゃん」

言わせた王様の幸也くんがドン引きしている。あたしもはじめて聞く話だ。佳子はこんな反応されるから嫌だったんだよ、と前置きして事の顛末《てんまつ》を語りだす。

「絶対バレないって思ってたけど、さすが親だよね。すぐ気づかれて、めっちゃ問い詰められた。知らぬ存ぜぬを通そうとしたけれど、結局バレて……もう、めちゃくちゃ怒られたよ。しばらくお小遣いもお年玉も、誕生日プレゼントもなし！　とか言われてさ。必死で謝って、幸いまだお金使ってなかったからちゃんと返してさ。なんとか許してもらった」

真顔で懺悔《ざんげ》する佳子に、沙裕が素朴な疑問を口にする。

「そん時小四でしょ？　何にお金使うつもりだったの？」

「その時推《お》してたアイドルのコンサートに行きたかったの。チケット代とグッズ買えば、一万円ぐらいするじゃん？　親はそういうことなら、盗んだりしないで、行きたいってちゃんと言いなさい、ってさ」

　佳子は苦い思い出と一緒に飲み込むように、フライドポテトを三本いっぺんにつまんで口に入れた。幸也くんが彼女をフォローしたかったのか、俺も親の財布から千円抜いたことがあるぞー、と言いだして、泰基くんに金額が違いすぎると突っ込まれている。

「で、もうひとりの５番は誰？」

「俺だ」

　正直がすっと手を挙げた。罪を告白する覚悟が決まっているのか、頬がぴんと張りつめている。

「俺の今までしたいちばん悪い行いは、最低なこと言って好きな子を傷つけたことだ」

　心臓がぶるん、とひとつ大きく震える。正直が何を言おうとしているのかわかってしまって、それ以上言わなくていいよと止めようとしたけれど、正直に目で制されて何も言えなくなった。

「詳しいことは言えないけれど、俺のせいでその子はすごく傷ついた。俺が好きだった彼女の明るい笑顔が、消えた。だからって俺は何もできなくて、その子の一度閉じた心は開かなくて。話がしたくて、家の前まで行ったこともあったよ。でも、結局何も言わずに帰った。勇気が出なかった」

　中学時代の正直が、あたしの家の前で立ち尽くしている姿を思い浮かべる。あたしが不登校になった時、正直があたしのことをそんなに気にしてくれていたなんて、はじめて知った。つぐみがやさしい顔で訊いた。

「その子は、結局どうなったの？」

「ちゃんと立ち直ったよ、自分の力で。その子は俺が思ってるより、ずっと強かったんだ。今では俺の好きな笑顔を取り戻してる」

　正直がそこで、まっすぐあたしの目を見た。

「いい機会だから、もう一度言わせてくれ。あの時は本当にごめん、柚葉。そして許してくれるなら、これからも俺の傍《そば》にいてほしい。柚葉さえよければ……ずっと一緒にいたいんだ」

　胸がいっぱいになって、目の奥がじんと熱くなる。本当にうれしい時って、すぐ言葉は出てこないものなのかもしれない。

　ずっとって、いつまでだろう。五年後？　十年後？　二十年後？　いや、正直の言う「ずっと」って、それよりもっと先のことだ、きっと。

　未来のことなんてわからない。あたしたちはまだ高校生だし、これから大人になって別々の道を歩いて、正直と離ればなれになってしまうかもしれない。正直に他に好きな人ができるかもしれない。でもたしかなのは、今、正直がずっと一緒にいたい、そう思えるくらいあたしを好きでいてくれるってこと。

それはあたしにとって、他のどんなことよりも素晴らしく、大切にしたい事実だ。

「あたしも、正直と一緒にいたい」

溢《あふ》れるうれし涙を拭《ぬぐ》いながら、言葉を振り絞る。正直がふっと表情を緩《ゆる》めた。

「正直が大好きだから……これからも正直といろんなこと話したり、二人でいろんなところ行ったり……たくさんのものを、正直と分かち合っていきたい。正直と一緒に、大人になりたい」

一瞬、室内が水を打ったように静かになった。あたしのうれし涙につられたように、正直の目がちょっとだけ潤《うる》む。

そしてすかさず、茶々を入れてくる佳子と幸也くん。

「ちょっとー、二人とも見せつけないでよ！　いきなり、二人の世界入りすぎ」

「俺は罪を告白しろって言っただけだぞー！」

「まあまあ、いいじゃん。柚葉と正直くん、付き合いたてなんだし」

沙裕がとりなしてくれる。あたしはえへへと笑って頭を掻いた。正直も改めて自分の言葉が恥ずかしくなったのか、照れくさそうだ。

「よっし、じゃあ次行こう！」

クジを回収して、再びいっせーのせ、で引く。今度は7番だ。なかなか王様、当たらないもんだな。クジ運はからっきしなあたしだから、仕方ないけれど。

「やったー、あたし王様！」

佳子が満面の笑みで言って、一瞬、みんなが苦い顔になる。このゲームの発案者の佳子のこと、職権乱用禁止とはいえ、無茶な命令をしかねない。

「じゃあねー。1番と3番が、好きな人の名前を言う！」

「ええっ⁉」

大声を上げたのはつぐみだった。顔が真っ赤になってる。その反応はもしや。

「つぐみ、何番なの？」

「3番……」

声を震わせるつぐみの向こうに、にやにやしている佳子が見える。まさか佳子、クジに何か仕組んだ⁉　どうやったのかまるでわからないけれど、佳子だったらやりかねない。

「こういうのは、まずは男からやらないとな」

そう言ったのは泰基くんだった。1と書かれたクジの先っぽをみんなに見えるようにまっすぐ手を伸ばして立ち上がり、沙裕の前に進み出る。

「沙裕、好きだ。俺と付き合ってくれ」

目を丸くする幸也くん。今にもひゅーと声を上げそうな佳子。固まるつぐみ、純晴くん、正直。

当の沙裕は信じられない奇跡を目《ま》の当たりにしたような顔をしていた。

「ごめん、こんな流れみたいな感じで、しかもみんなの前で言うつもりじゃなかったんだけど。ほんとはずっと言いたかったんだ。でもなかなか言うタイミングなくてさ。沙裕ってかわいいし、それだけじゃなくて、物をはっきり言うところとかカッコいいなと思って、好きになって。だから嫌じゃなければ、これからは友だちじゃなくて、彼氏と彼女として、付き合っていきたい」

照れのないまっすぐな眼差《まなざ》しで沙裕を見つめる泰基くんは、本当にカッコいい。沙裕の頬が花びらが綻《ほころ》ぶようにじわじわと上気していく。

「あたしでよければ……よろしくお願いします」

上《うわ》ずった声で言った沙裕の手を泰基くんが取って、みんながわあああ、と声をあげた。

「おめでとう沙裕！」

「おめでとう泰基！」

「ありがとう、みんな！　俺、やっと言えた！　やっと沙裕と付き合えた‼」

出来立てほやほやのカップルに、みんなで惜しみない拍手を送る。沙裕と泰基くんは気恥ずかしそうに笑いながらも、つないだ手を離さずにいた。

沙裕って男子の採点が厳しいし、ちょっとクールに思われがちだけど、やっぱりあたしたちと同じ高校生の女の子なんだよね。泰基くんのことだって好きなのになかなか踏み出せなくて、実は悩んだりしてたのかもしれない。これからは泰基くんの隣で、堂々と彼女ですって胸を張ってほしい。本当におめでとう、沙裕。

ざざっと衣擦《きぬず》れの音がしたと思ったら、つぐみが立ち上がっていた。みんなが一斉につぐみのほうを見る。つぐみは清水《きよみず》の舞台から飛び下りるような顔をしていた。

「3番引いたから、今度はわたしの番。聞いて……阿久津くん」

名前を呼ばれた純晴くんがつぐみを見る。純晴くんと向き合ったつぐみが、ひと言ひと言、丁寧《ていねい》に言葉を振り絞る。

「わたし、阿久津くんのことが好き。今までは誰かを好きになっても告白どころか、あの人が好きだって友だちに打ち明けることもできなかった。身の程知らずって思われるのが、嫌だったから。わたし、ずっと自分に自信がなかったんだ」

つぐみの言葉で語られる、つぐみの心のうち。純晴くんの目をまっすぐ見つめながらつぐみは続ける。

「ちっともかわいくないし、チビでスタイルだってよくない。こんなわたしが誰かを好きになっていいのかな、って思っちゃってたの。でも文化祭のあの時、ゆずちゃんやみんながわたしに自信を持たせてくれた。阿久津くんも言ってくれたよね、すごいきれいだ、って」

「あ、あれはつい……口から出ちゃったっていうか……」

「うれしかったよ。好きな人にそう言ってもらえたの、はじめてだったもん。阿久津くんのおかげで、堂々と演技できたの。ありがとう」

はっきりと自分の気持ちを伝えるつぐみに、純晴くんはすっかり照れてしまったのかぽりぽり鼻の頭を掻いている。

あたしが知っているつぐみは、こんなふうに自分の気持ちをまっすぐ相手にぶつけられる子じゃなかった。小学校の時いじめられても、決して言い返したりしないでぐっと涙を堪《こら》えて黙ってるような子だった。でもつぐみだって、いつまでも小学生のままじゃない。

恋をして、その気持ちを伝えられる勇気を持って。つぐみは成長したんだ。

「阿久津くんの気持ちも聞かせてくれるかな？　わたしのことどう思ってるのか」

「……同じだよ」

蚊の鳴くような声で言った純晴くんに、つぐみがえ？　と聞き返すと、純晴くんは半ばやけになった声で言った。

「江川と同じ気持ちだってこと。俺も……江川のことが好き」

「きゃー‼　またまたカップル成立う！」

佳子が黄色い声で言って、みんな口々におめでとう、おめでとうと声を重ねる。つぐみと純晴くんは恥ずかしさ10パーセント、うれしさ90パーセントぐらいの笑みを浮かべていた。

正直がいなかったら、今こんなやさしい気持ちで二人を見守っていられなかっただろう。つぐみに嫉妬して、純晴くんに幻滅されればいいやってひどいことをしたかつてのあたし。そんなあたしを叱《しか》ってくれたのは、正直だ。正直があたしをひとつ大人にしてくれたんだ。そう思ったら今すぐ正直にありがとうって伝えたくなって、隣にいる正直の顔をじっと見つめると、正直は不思議そうにあたしを見た。

「何？」

「いや……なんでもない」

「なんだよ。言いたいことがあるならはっきり言えよ」

「いや、なんていうかその……ありがとうね。その、いろいろ」

もごもごと口を動かすと、正直はぷっと噴き出した。

「なんだよ、それ。変な柚葉。いや、元から変かお前」

「ちょっと！　あたしのどこが変なのよ！」

「おいこらそこ、二人の世界に入らないー！」

佳子が口を尖《とが》らせて注意して、あたしはうっと黙る。正直はぽんぽんとあたしの背中を叩きながら、いやこいつが悪いんだよ、と即座にあたしのせいにした。事実その通りなんだけど。

こういうところも嫌いじゃないんだよな。というか、むしろ好き。なんて思ってしまうあたしは、前よりもずっと自分の中で正直への気持ちが大きくなっているのかもしれない。


三時間たっぷりパーティーを楽しんだ。終わった後は自然と、それぞれカップルで別れて解散になった。つぐみと純晴くんが照れくさそうに肩を並べて歩いているのが微笑ましく、ひとりでにやにやしてしまう。

あたしはマンションまでの道を正直と並んで歩いていた。ひゅうひゅう、頬を切り裂きそうなほどにするどい木枯らしが吹いている。もうすぐ家のドアの前についてしまうのがちょっと悲しい。せっかくクリスマスなのに、こうやって一緒に歩いてるのに、手もつながないなんて。幼馴染みだからなかなか甘いムードにならないのかな。

エレベーターに乗っても、正直は自分の階のボタンを押さなかった。

「今日は家の前まで送らせて。クリスマスだし、ちょっとでも長く一緒にいたい」

固い表情で言う正直に、無言でこくりとうなずいた。正直もあたしと同じように思ってくれてるのかな。だとしたら、すごくうれしい。

家のドアの前についたところで、正直がカバンをごそごそやりだした。出てきたのは、いちごみたいに真っ赤なリボンがかけられたピンクの箱。

「これ、クリスマスプレゼント。どうしても今日じゅうに渡したくて」

「え、あたしなんも用意してないのに」

「俺があげたかったんだから、黙って受け取れよ」

ぶっきらぼうに言って、プレゼントを押しつけてくる正直。わかりやすく照れているのがかわいい。あたしはありがとう、とプレゼントを受け取り、リボンと包み紙をほどいた。

出てきたのは銀色のハートにピンクの石が輝く、かわいいネックレスだった。

「これ、有名なブランドのじゃないよね？　すっごく似てるんだけど」

「デザインだけ似てる、安いやつだよ。さすがに本物は買えないって。女子にプレゼントあげるなんてはじめてだから、ネットでいろいろ調べて、女子に人気が高いっていうこれにした。ほんとは指輪がよかったんだけど、付き合って二か月じゃ重いだろうし」

　正直がつけてやるよ、とネックレスを手に取った。後ろを向くと、首にチェーンのひややりとした感触が下りてくる。触れそうで触れない距離に正直の手があって、心臓が暴れだして今にも胸を突き破りそうだった。ネックレスをつけた後、そのまま両手をそっとあたしの肩に置いて、正直が言った。

「俺さ、実はちょっと不安なんだ」

「何が？」

「きっと柚葉はこれからもっともっときれいになるから、他の男が寄ってくるんじゃないかって。柚葉も他に好きな人ができるんじゃないかって。でも、忘れないでくれ。俺は、柚葉の外見を好きになったんじゃない。いつでもまっすぐで、大切な人のために勇気を出せる女の子。そういうところが、好きなんだ」

　正直のあったかい言葉が、じわじわと心の襞《ひだ》に染み込んでいく。

　人は見た目が99パーセントだって思ってた。だってかわいい子はそれだけで得をするし、かわいい子にはきらきらとした羨望《せんぼう》の眼差しが送られるから。

　でも、見た目よりも大切なものがあるって、あたしは知った。

　それが、時に何よりもひとの心を動かすってことも。

まだ高校二年生だけど、今まで何もしてこなかったわけじゃない。たった十七年の短い人生のなかでもちゃんと積み上げてきたものがあって、そこで築き上げられた「あたし」という人間がいて、いくらでも変わる見た目じゃなくて、「人間」の部分を好きだと言ってくれる正直がいる。

それは今まで歩いてきた道ごと、肯定してもらえたってことだ。

「正直は不安だって言うけど、あたしだって別の意味で不安だよ？」

「そうなの？」

「そうだよ。正直はずっと一緒にいてほしいって言ったけど、ずっと一緒にいたら、そのうちあたしだっておばさんになるんだよ。うちのお母さんみたいに中年太りして、お肌だってスキンケアじゃごまかしきれなくなって。そうなっても、正直はあたしのこと好きでいてくれるの？」

「それは」

正直がくるりとあたしを振り向かせた。正直のやさしい目が、すぐ近くにある。

「そうなったって、柚葉は柚葉だろ」

「……そうだね」

見つめ合って、ふたりの視線が絡《から》まって、溶けていって。

そしてどちらからともなく、目を閉じた。

唇が近づいていく。

ロマンチックの山の頂《いただき》に到達する、まさにその直前。

エレベーターのドアが開いて、誰かが出てくるのがわかった。

ふたりいっせいにばっと身体を離してそっちを見ると、視線の先には驚愕《きょうがく》の顔をしているお父さんがいた。

「お、お父さん……」

「ごめん、邪魔したな」

うちのお父さんがこういう時、彼氏なんてとんでもない！　って食ってかかってくるタイプじゃないってのはわかってたけれど、そんな反応しなくても！　思わずそそくさと家に入ろうとするお父さんの背広の袖を引く。

「ちょちょ、お父さん、そんな態度するのやめて！　そういうことされるとすんごい気まずいから‼」

「い、いやだって、俺は前から決めてたんだぞ。柚葉にそういう日が来たら女々《めめ》しいことはしないで、黙って受け入れるって。相手が正直くんならお父さんも安心だし」

「おじさん！　俺、真剣に柚葉と付き合ってます！」

「正直もやめてー！　こんなところで！」

お父さんはしどろもどろだし、正直はやけに礼儀正しいし、玄関前はほとんどカオス。

ああもう、恥ずかしくて顔から火が出そう。

そんな感じでバタバタしていると、今度はうちのドアが開いて、お母さんが顔を出した。

「ちょっと、みんな何こんなところで騒いでるの？　近所迷惑だからやめてちょうだい」

キッチンのほうから、いいにおいがここまで漂ってくる。事情を知らないお母さんが正直に挨拶した。正直はちょっとキョドっている。

「柚葉が友だちとクリスマスパーティーだって言ってたから、大人は大人でパーティーしようと思ってね。神崎《かんざき》さんたち、来てるわよ。ちょうどケーキ切るところだから、あんたたちも食べちゃいなさいよ」

「あ、はい、そういうことならお邪魔します……」

正直が靴を脱ぐ時、ちらりとあたしに目配せした。

お父さんにはバレちゃったけど、お母さんと正直のおじさんとおばさんには、まだ秘密にしておこう。

ケーキを切り分ける時、半分開いたカーテンの向こう、外灯にぼうっと照らされて雪が降っているのが見えた。やけに寒いクリスマスイブだと思ってたけど、雪まで降りだすとは。クリスマスが終わったらすぐ年も明けて、来年は高校生活最後の年。来年、再来年、その先、そのずっとずっと先。正直が言うように、大人になるにつれてあたしの外見も変わっていくだろう。

変わることは、仕方のないこと。でも正直が好きだと言ってくれるあたしの大切な部分は、変わらないでいたい。大人は成長しなさいって言うけれど、変わらないでいたほうがいいところ、変わっちゃいけないところってあると思う。正直が好きなあたし、を大切にして、正直と一緒に歩いていきたい。

何年経っても、正直を全身全霊で好きでいられますように。

そんなあたしは、誰よりもきれいなはずだから。

あとがき

十代の頃って、本当に見た目がすべてだったなと、振り返ってみて思います。

本文にも書きましたが、キラキラした学校生活を送れるのは見た目がいいスクールカースト上位グループ。容姿のレベルはプライベートの充実度に露骨に表れます。だから私も中学生からフルメイクで登校したり、ぎりぎりまでスカートを短くしていたり、本当に柚《ゆず》葉《は》みたいな子でした。

でも、いくらかわいくなろうと努力しても、見た目はいつか衰《おとろ》えるもの。外見ばかりにこだわって、肝心の内面を磨く努力を怠《おこた》ると、その時に何にもない人間になってしまいます。かわいくなれば自信につながりますから、美容に熱を入れるのはいいことです。でも同じくらい、内面を向上させる努力もしてほしいなと思います。

そしてこの小説は、恋愛小説であると同時に、柚葉とつぐみの友情物語でもあると思っています。

本当の愛とは何か、について掘り下げていくうちに、自然と本当の友情についても掘り下げて書きたくなりました。

つぐみは柚葉とは一見正反対。おとなしくて控えめで積極的に前に出ていくタイプではないし、見た目にも頓着《とんちゃく》していないような印象を受けるでしょう。柚葉が「学校で話しかけないで」とつぐみに言うのはひどいようですが、十代の読者様なら柚葉の気持ちもわかるかと思います。

実はつぐみにはいろいろ裏設定があるので、もし続編を出せるようならつぐみ目線の話も書いてみたいと、いろいろ考えています。

私は十代の頃は、恋愛もいいけれど、ずっと一緒にいたいと思う友達と出会ってほしいと思うタイプです。

なぜなら、人と関わらないと自分のいいところに気づけないから。

若い頃から表面的にしか人と関わらず、いつも無難なことばかり話題にしているようだと、自分を知ることができません。

自分のいいところは、人と交わることによって見えてくるものなのです。

この作品を読んで頂いた方々には、ぜひ今周りにいる人たちを大切にしてほしいと思います。

最後になりますが、ここまで読んで頂き、ありがとうございました。また次回作でお会いいたしましょう。

二〇二五年　一月　櫻井《さくらい》千姫《ちひめ》

※この作品はフィクションです。実在の人物・団体・事件などにはいっさい関係ありません。

集英社オレンジ文庫をお買い上げいただき、ありがとうございます。
ご意見・ご感想をお待ちしております。

● あて先
〒101-8050　東京都千代田区一ツ橋2-5-10
集英社オレンジ文庫編集部 気付
櫻井千姫先生

集英社
オレンジ文庫

君の瞳に私が映らなくても

2025年1月25日　第1刷発行

著　者　櫻井千姫
発行者　今井孝昭
発行所　株式会社集英社
〒101-8050東京都千代田区一ツ橋2-5-10
電話【編集部】03-3230-6352
【読者係】03-3230-6080
【販売部】03-3230-6393（書店専用）
印刷所　株式会社美松堂／中央精版印刷株式会社

ISBN 978-4-08-680597-1 C0193